Margarete van Marvik

1890 hinter dunklen Mauern

Margarete van Marvik

1890 hinter dunklen Mauern

Ordeal Sofia

(Sofias Tortur)

Bibliografische Information der Deutschen Nationalbibliothek:
Die Deutsche Nationalbibliothek verzeichnet diese Publikation in
der Deutschen Nationalbibliografie; detaillierte bibliografische
Daten sind im Internet über http://dnb.ddb.de abrufbar.

Mein besonderer Dank geht an:

Alexandra Eryiğit-Klos - Korrektur, Lektorat, Dipl.-
Sprachenlehrerin

www.fast-it.net

9 783753 426198

margarete@van-marvik.de www.van-marvik.de
Alle Rechte beim Autor

Herstellung und Verlag:
BoD-Books on Demand, Norderstedt

6,99 Euro (D)

1890 hinter dunklen Mauern

Dublin im Herbst 1890

Sofia trat auf die Straße, schüttelte den Kopf und kniff die Augen zusammen. Es wollte nicht aufhören zu regnen. In Sekunden war ihr kupferfarbenes Haar, das über ihre Schultern und den Rücken fiel, klatschnass. Schlecht gelaunt hob sie ihren Kopf. Ihre Augen wanderten entlang des wöchentlichen Abfalls, der sich reihenweise am Rande der Häuserreihe stapelte. Unruhig sah sie sich um, es war ihr peinlich und sie wollte von den Nachbarn nicht gesehen werden. Dann senkte sie ihren Blick und lief bis zur nächsten Straßenecke. Mit ihrem feuchten Jackenärmel wischte sie sich die triefend nassen Haare aus der Stirn. Ihre Nasenflügel zogen sich zusammen, als sie einen der Jutesäcke öffnete. Egal wie stark der Geruch auch war, sie musste trotzdem etwas Essbares für ihre kleine Schwester finden. Die Mutter war nicht in der Lage, für die Familie zu sorgen. Der Vater hatte sie und die Familie im Stich gelassen. Und Dara, ihre älteste Schwester, war gehbehindert, weil Mutter sie als Säugling vom Tisch hatte fallen lassen.

Endlich ... vor ihr stand der letzte prall gefüllte Jutemüllsack. Für einen kurzen Moment schloss sie die Augen, atmete tief ein und hielt die Luft an. Dann knotete sie den Sack auf und durchwühlte ihn mit flinken Fingern.

„Na, wer sagt's denn?", murmelte sie und holte eine feuchte Tüte heraus, in der ein Kanten Brot eingewickelt war. Nach genauer Begutachtung entschied sie, dass er noch brauchbar war. Mit einem zufriedenen Lächeln auf den Lippen schob sie den Kanten in ihre Rocktasche. Sofia musste sich beeilen, wollte sie noch rechtzeitig in der Schule für Hausbewirtschaftung sein. *Nur noch eine Straße überqueren, dann würde sie vor dem dreistöckigen Mietshaus stehen und könnte es noch zum Unterricht schaffen.* Doch dann stoppte sie abrupt, sodass das Wasser unter ihren nackten Füßen bis an ihre Kniekehle spritzte. Ihre Pupillen verengten sich, als sie auf der anderen Straßenseite die Nonne und den Priester aus der Kirche sowie den Direktor ihrer Schule erblickte. Das konnte nichts Gutes heißen! Diese drei Unmenschen, wie Sofia sie im Geheimen nannte, steuerten geradewegs auf das Haus zu, in dem sie mit ihrer Familie lebte. *Schon seit Tagen kursierten Gerüchte in der Schule, dass die Kirche junge Mädchen armer Familien ins Kloster sperrte. Als Vorwand nannten sie, dass sie den Mädchen eine Ausbildung ermöglichen wollten. Zwei Freundinnen waren seit Wochen verschwunden.* Bei diesem Gedanken stolperte ihr Herz so heftig, dass sie sich mit einer Faust auf den Brustkorb schlug. *Kamen sie heute, um sie, Sofia, zu holen? Ein mulmiges Gefühl beschlich sie.* Sofort drehte sie sich um und rannte zurück in den Hof des Nachbargebäudes. Sie konnte nicht schnell genug über die kleine Mauer steigen. Geduckt, als sei ihr eigener Schatten hinter ihr her, lief sie weiter bis zur Kellertür, die ins eigene Treppenhaus führte. Mit ihrem Körper drückte sie die schwere Tür auf und huschte hinein. „Lieber Gott, lass die Nonne und den Pater nicht zu uns wollen", flehte sie. Dann rannte sie, als sei der Teufel persönlich hinter ihr her, mehrere Stufen auf einmal nehmend, hoch bis ins Dachgeschoss. Mit aller Kraft zog sie an der Dachluke, um anschließend die steile Holzleiter nach unten zu ziehen. In Sekundenschnelle stieg sie hinauf und schloss die Luke hinter sich. Ihr hübsches, wie von Elfenbein geschnitztes Gesicht brannte vor Aufregung. Selbst ihre Sommersprossen rund um die Augenpartie nahmen eine dunklere Farbe an. Sie hörte, wie ihre ältere Schwester Dara fragte: „Was ist mit dir?"

„Hilf mir, die wollen mich holen, so wie meine Freundinnen. Verstehst du? Lass uns die verjagen!"

Als Dara überhaupt nicht reagierte, packte sie diese an ihrem durchlöcherten Pullover und schüttelte sie. *„Dara?"*

„Ja, ich, ich will es versuchen. Ich überlege doch schon!"

„Pst ...", Sofia bückte sich und legte ihr linkes Ohr auf die Luke. Immer lauter drang das Poltern auf der Holztreppe zu ihr durch. Die Nonne schimpfte über die feuchte und modrige Luft in diesem Haus. Wie angewurzelt saß Sofia noch immer auf der Luke und Dara stellte als Verstärkung ihren Fuß darauf. Doch wenige Sekunden später donnerte ein kräftiger Schlag gegen die Öffnung. Sofia zuckte zusammen, als sie von der Luke rutschte. Dara war trotz ihres Gewichts und ihrer Größe gezwungen, ebenfalls den Fuß von dem Verschlag zu nehmen. Wie abgesprochen, wagten sie noch einmal den Versuch, sich dagegenzustemmen. Dara atmete schwer, dabei kniff sie ihre Lippen zusammen, sodass nur noch ein schmaler Strich zu sehen war. Sofias Stirn war vor Anstrengung in Falten gelegt. Das half jedoch alles nichts, sie waren schlechtweg nicht stark genug, um dem gewaltigen Druck des kräftigen Direktors entgegenzuwirken. Wie Federn wurden sie ein zweites Mal weggeschoben. Er war es auch, der als Erster seinen runden, knallroten Kopf durch die Luke steckte. Vor Bestürzung krallte Sofia ihre Hand in die von Dara. Sie mussten beide machtlos zusehen, wie sich die drei durch die Dachluke zwängten. Sofia verfolgte mit ihren Augen die schwarz gekleidete Frau mit der weiß umrandeten Haube auf dem Kopf, wie sie der kreuz und quer hängenden Wäsche auswich. Als Sofia den Pater auf sich zukommen sah, wich sie ihm aus und ging die wenigen Schritte auf ihre schwer kranke Mutter zu, die auf der einzigen Liege in diesem Raum lag. Sofia registrierte, dass ihr Gesicht bereits durch das Todesdreieck gezeichnet war. Starr vor Schreck zog sie ihre Oberlippe über die Unterlippe, um nicht laut zu schreien. Erst als die kleine Schwester Marie anfing zu weinen, drehte sich Sofia von der kranken Frau weg. In ihrem Kopf suchte sie krampfhaft nach einem Ausweg, obwohl sie ahnte, dass es keinen geben würde. Aber so schnell wollte sie nicht aufgeben! Ihr Herz bollerte wie verrückt, als sie einen Schritt auf den Pater zuging. Damit er ihre Angst nicht sah, stemmte sie die Arme in die Hüften und fragte voller Empörung: „Was wollt ihr hier?" Sofort senkte Sofia ihre Augenlider, als Pater Joschka sie mit einem bösen Blick bestrafte. Es war Sofia fast unmöglich, den inneren Druck zu unterdrücken, der wie ein Dampfkessel überzulaufen drohte. Eine bisher nicht gekannte Angst ergriff sie, als eine Stimme in ihrem Kopf befahl: „Lauf, Mädchen, lauf! Rette dich selbst!"

Sofia wollte laufen, aber ihre Beine blieben wie angenagelt am Boden haften.

Pater Joschka hatte wohl die inneren Qualen, die sie gerade durchlitt, in ihren Augen gelesen. Versöhnend legte er seine Hand auf ihre Schulter. Er zwang sie, ihn anzusehen, als er auf ihre Frage erwiderte: „Sofia, du bist zu schön für diese Welt. Wir werden dich beschützen und dir zu dem Beruf einer ehrbaren Nonne verhelfen. Aus dir wird etwas Besonderes! Nein, du *bist* etwas Besonders. Du wirst Gottes Braut werden!"

„Niemals, nein! Das könnt ihr nicht tun!" Ihre Stimme überschlug sich.

„Doch", hörte sie ihre Mutter leise sagen. Abrupt drehte sich Sofia zu ihr um.

„Mein Kind, es geht nicht anders! Deine Schwester Dara wird

mit einem Baumwollfabrikanten in Belfast verheiratet werden. Es ist alles in die Wege geleitet und Marie wird mit in die Familie aufgenommen. Du bist nun sechzehn Jahre, Dara schon achtzehn. Du weißt, dass ich bald sterben werde. Das Geld, das ich noch besitze, reicht gerade für die Mitgift von Dara und Marie. Und ... für meine Beerdigung. Für dich bleibt nichts übrig und ich kann nicht zulassen, dass du obdachlos wirst. Du bist sozusagen mittellos. Niemand würde dich aufnehmen wollen. Im Kloster bist du gut aufgehoben. Es ist alles geregelt; es ist das Mindeste, was ich für euch tun konnte. Deine Schwester bekommt einen Mann und Marie ein neues Zuhause. Und du ... du wirst, wie mir Pater Joschka versicherte, die schönste Braut Gottes. Und ... und ich kann mich beruhigt in Gottes Hand begeben."

Sofia wusste selbst nicht, wie ihr geschah, als sie plötzlich eine wahnsinnige Wut fühlte, gepaart mit Angst, die sich wie ein drohendes Tier zwischen ihre Schulterblätter setzte.

„Das, das könnt ihr nicht tun! Ich will nicht ins Kloster! Außer mir selbst hat keiner ein Recht, mein Leben zu bestimmen. Auch nicht Gott! Was habe ich Unrechtes getan?" Sofia riss sich von dem Mann los und rannte auf das Bett ihrer Mutter zu: „Mutter, sag, dass es nicht wahr ist, was du gerade in deinem Fieber gefaselt hast!"

Ihre Mutter hielt die Augen geschlossen. Hilflos und von Entsetzen erfüllt, starrte Sofia sie an.

„Diesem Theater wird jetzt ein Ende gemacht! Es ist bereits alles von der Kirche und dem Staat abgesegnet. Das Geld ist geflossen, die Heiratspapiere für Dara und die Aufnahme ins Kloster sind veranlasst. Die nächsten Jahre wirst du bei uns verbringen. Und ... du solltest dankbar sein, aus diesem stinkigen Loch rauszukommen."

Sofia konnte das plötzlich aufgetretene Augenflattern nicht unterdrücken und sie fragte noch einmal: „Warum ich? Warum nicht Dara? Sie ist die Ältere."

„Sofia, es tut mir leid! Ich hätte es dir sagen müssen. Aber der Pater hat es mir strikt verboten. Auch ich werde in den nächsten Tagen mit Marie abgeholt und nach Belfast gebracht. Und ... Pater Joschka hat recht, du bist so wunderschön! Ich kann verstehen, dass Gott dich und nicht mich Krüppel zur Braut haben will", antwortete Dara.

„Du bist meine Schwester! Warum hast du es mir verheimlicht? Ich hätte weggehen können!" Sofia ging rückwärts in Richtung Tür, als sie diesen Vorwurf an Dara richtete. Es war ihr unmöglich zu begreifen, was soeben in diesem Raum ablief. War das wirklich die Realität? Oder war alles nur ein böser Traum? Hastig kniff sie sich in den Arm; es schmerzte. Sofia kniff ihre Augenlider zusammen und hoffte, dass alles wieder wie vorher wäre. Aber nein, als sie ihre Augen öffnete, waren sie noch da ... diese Menschen ... die sie von hier wegholen wollten. Tränen, die sie so mühevoll zurückgehalten hatte, schossen aus ihren katzengrünen Augen. Mit unklarem Blick sah sie, wie Marie Hilfe suchend zu Mutter rannte und die kranke Frau umklammerte. Der Direktor fing an zu poltern: „Du kommst mit, verabschiede dich von deinen Schwestern und von deiner Mutter."

Und bevor Sofia reagieren konnte, griffen zwei starke Arme nach ihr und zerrten sie weg von Marie und Dara. Sofia boxte und trat mit den Füßen gegen die Nonne und den Direktor. Als ob ihre ältere Schwester aus einem Traum erwachen würde, schoss sie auf den Direktor zu. Mit all ihrer Kraft versuchte sie Sofia von den Leuten loszureißen, während Sofia sich krampfhaft an dem klapprigen Stuhl festhielt. Sie verlor den Halt und der Stuhl fiel krachend um. Marie schrie: „Pass auf, Sofia!"

Auf einmal wurde es still, als ein kurzes Zischen zu hören war. Sofia zuckte, sie konnte gerade noch ihre Hände vor das Gesicht halten. Ein grauenvoller Schmerz durchzog ihr Handgelenk. Der Lederriemen hatte sie getroffen. Ohne dass sie es wollte, sank sie lautlos in die Knie. Pater Joschkas Gesicht lief rot an. Sie hörte ihn schimpfen: „Was sollte das, Schwester Cécile? Hätte Sofia nicht ihre Hände gehoben, wäre ihr Gesicht durch die Striemen ein Leben lang gebrandmarkt. Niemand erhebt die Hand gegen eine ausgesuchte Braut unseres Herrn."

Sofia blieb in der Hocke sitzen. Mit den Augen verfolgte sie, wie sich Schwester Cécile in einer Ecke des Raumes auf die Knie fallen ließ. Kurz darauf fing diese an zu beten: „Gegrüßt seist du, Maria, voll der Gnade, der Herr sei mit dir. Du bist gebenedeit unter den Frauen, und gebenedeit ist die Frucht deines Leibes, Jesus. Heilige Maria, Mutter Gottes, bitte für uns Sünder jetzt und in der Stunde unseres Todes. Amen."

Sofia starrte die Nonne mit offenem Mund an, als sie sich aus der Hocke erhob. Mit geballten Fäusten lief sie auf die Kniende zu und schüttelte sie an den Schultern. „Was für ein Hohn! Welch eine Falschheit steckt in Euch!"

Der Schuldirektor hielt Sofia fest. Stumm ließ sie sich fortziehen. Als sie das Podest der Hauseingangstür erreicht hatte, vernahm sie das herzzerreißende Weinen ihrer kleinen Schwester. Der Direktor war genervt, blieb stehen, hob seinen dicken roten Kopf und bollerte nach oben: „Wenn du nicht aufhörst zu jammern, bist du die Nächste, die wir von hier abholen und ins Kloster stecken."

Der Krach hatte neugierige Mitbewohner veranlasst, ihre Wohnungstüren zu öffnen. Eine unter ihnen war Frau O'Connor. Als sie Sofia und den Rest der Leute erkannte, schlug sie entsetzt ihre Hände vor das Gesicht. „Gehen Sie zurück in Ihre Wohnung und beten Sie für die gestrauchelte junge Seele", hörte Sofia die heuchlerische Stimme des Paters. Schnell schloss Frau O'Connor die Tür wieder hinter sich.

Als sie auf die Straße traten, hatte der Regen nachgelassen. Auf dem verschlammten Bürgersteig spielten Kinder aus der Nachbarschaft. Wie in Trance ließ sie sich in die wartende Kutsche schieben. Die Kutsche war eng und ihr Brustkorb zog sich zusammen. Panik ergriff sie und sie versuchte wieder auszusteigen. Doch je mehr sie sich weigerte, umso tiefer wurde sie auf den Sitz der Kutsche gedrückt. Erst als der Direktor sicher war, dass Sofia fest auf der Bank saß, stieg er aus und ordnete an, loszufahren. Sofias Blick war verschleiert von den vielen Tränen, die sich lautlos an ihrem Kinn sammelten. Ab und zu blickte sie aus dem kleinen Fenster. Sie fuhren über unebene und holprige Wege, vorbei an dem Armenviertel, in dem sie wohnte, dem größten Rotlichtviertel von Dublin und vorbei an dem Hafen. Am Ende überquerten sie das prunkvolle Viertel der Adligen und Reichen. Sofia hatte jegliches Gefühl für Zeit und Raum verloren, als die Kutsche anhielt. Grob und ohne Erbarmen zerrte die Nonne sie aus dem Wagen und schob sie in den Innenhof. Übermächtig und dunkel wirkten die Mauern auf Sofia. Wie ein Tier, das dem Stall entlaufen war, wurde sie entlang der Innenmauer bis zur Eingangstür des Mutterhauses gezerrt. Mit einem dumpfen Ton fiel die schwere Eichentür hinter ihr ins Schloss.

Kritisiere niemals die Mutter Oberin!

Sofia knirschte mit den Zähnen, bis ihr Kiefer schmerzte. Ihre Augenlider blinzelten wild, als sie sich in dem kalten und dunklen Saal, in den sie nun eingetreten waren, umsah. Das schlichte Kreuz an der Stirnwand des Raumes schien herrisch auf sie herabzusehen. Am Ende der endlosen Tischreihe sah sie eine Nonne, deren Mundwinkel mürrisch nach unten hingen. Eine Gänsehaut lief entlang ihrer Arme, als diese Nonne sie mit dem Blick eines Geiers fixierte. Die hagere Frau war anders gekleidet – nicht wie die, die sie hierhergeführt hatte. Sofia senkte ihren Blick. Zu erdrückend war diese düstere Atmosphäre.

„Das ist die Mutter Oberin; was sie sagt, ist Gesetz!" Und schon vernahm sie eine Stimme, die ohne Klang und Farbe war.

„Sei gesegnet, Sofia, die nächsten Jahre wirst du bei uns verbringen. Deine Berufung ist es, eine Braut Gottes zu werden. Doch bis dahin ist es ein steiniger Weg. Schwester Cécile wird dich in alles einweisen."

„Ich will aber keine Klosterfrau werden. Ihr habt kein Recht, mich hier festzuhalten."

„Sieh an, sieh an. Auch noch starrsinnig, dieses Mädchen. Hat dir deine Mutter keine Manieren beigebracht?", erwiderte die Mutter Oberin.

Sofia krallte ihre Hände in eine der schweren Stuhllehnen.

Lieber Herrgott, wenn es dich gibt, lass mich in ein Loch versinken und nie wieder auftauchen, schrie es in ihr.

„Sofia, ich rede mit dir!"

„Ja?"

„Merke dir! Die Kirche und das Kloster legen fest, was böse oder gut ist! Sie bestimmen, wer brav oder ungehorsam ist! Und wann ein Mädchen als verwahrlost, als hässlich oder hübsch gilt! Das bestimmen alleine wir hier, hinter diesen Mauern. Hast du das verstanden? Und noch etwas: Ab sofort herrscht Sprechverbot für dich! Alles wird nur *einmal* erklärt, also spitze deine schmutzigen Ohren."

Cécile, die Nonne, die noch immer hinter ihr stand, hielt Sofia an den Schultern fest. So war sie gezwungen, die Mutter Oberin anzusehen, die weitere Anweisungen gab.

„Die ersten zwei Wochen wirst du im Raum der Stille verbringen. Die Dämonen, die dich beherrschen, werden wir zu vertreiben wissen. Deine Seele soll rein sein, wenn du mit unserem Herrn vermählt wirst. Einmal täglich bekommst du Brei und Wasser gebracht. Reden mit den Schwestern, die dich versorgen, ist strengstens untersagt! Die Lumpen, die du trägst, werden verbrannt. Deine Haare werden geschoren und du bekommst einen Namen, den wir dir nach dem gesamten Prozedere bekannt geben werden. Deinen eigenen Namen wirst du vergessen. Hast du das verstanden?"

Sofias Beine drohten einzuknicken. Hastig griff sie erneut zur Stuhllehne und hielt sich dort so lange fest, bis die Knöchel ihrer Finger die Farbe wechselten.

Ungeheuerlich – unfassbar!, ging es ihr immer wieder durch den Kopf. Alles in ihr bäumte sich auf. Wie sollte das funktionieren, dieses „nicht reden"? Unwillkürlich stampfte sie mit ihren nackten Füßen auf den Boden. Als sie die Stuhllehne losließ, stolperte sie unkontrolliert einen Schritt auf die Mutter Oberin zu.

„Warum, wieso ich? Was, was ... habe ich getan, um so bestraft zu werden?"

„Warum so uneinsichtig? Deine Schwestern und du, ihr seid für die Zukunft gut versorgt. Was willst du noch? Außerdem ... du bist ein Kind der Sünde. Wer so schön ist wie du, kann nur ein Kind der Sünde sein! Wenn du dich in das Klosterleben einfügst und dein weltliches Leben aufgegeben hast, wird es dir gut gehen."

Ohne ein weiteres Wort zu verlieren, schritt die unbarmherzige Frau mit ihrem steifen Kragen an Sofia vorbei. Sofia starrte ihr hinterher, bis die schwere Tür ins Schloss fiel. Erst nach einem heftigen Stoß in die Rippen drehte sie sich Richtung Tür. Schwester Cécile schob Sofia kreuz und quer durch die endlosen Gänge des Klosters, bis hin zu den Nasszellen. Sofia stoppte, wollte nicht eintreten, doch Cécile stieß ihr in die Rippen. Sofia verlor das Gleichgewicht und stolperte über die Türschwelle. Die Mädchen und jungen Frauen, die sich darin aufhielten, senkten ihre Köpfe. Eine korpulente, weiß gekleidete Nonne, versehen mit einer Nassschürze, trat ihr entgegen. Ohne ein Wort zu verlieren, zerrte sie den Rock von Sofias Körper. Sofia drückte die Hände dieser Frau von sich weg und schrie: „Hände weg von meinem Körper! Ich kann mich selbst ausziehen."

Die dickliche Nonne ließ sich jedoch nicht beirren und zog ihr mit spitzen Fingern und gerümpfter Nase die übrigen Sachen vom Körper. Aus einem Reflex heraus legte Sofia ihre Hände auf ihre nackten Brüste. Als sie auch noch aufgefordert wurde, sich auf die einzige Bank aus Stein zu legen, schloss sie vor Scham ihre Augen und stemmte sich erneut gegen die Nonnen. Zu dritt zerrten sie sie auf die Bank. Eine der Nonnen spreizte ihre Beine gewaltsam und hielt sie in dieser Position fest. Eine andere rasierte ihr die wenigen Schamhaare ab. Sofia glaubte, im Inneren ihres Körpers lichterloh zu brennen. Schweiß tropfte von ihrer Stirn, als sie schrie: „Gott kann nicht wollen, dass ich so behandelt werde."

Anstatt einer Antwort zog man sie, so nackt wie sie war, in die Sitzposition. Es war ihr unmöglich geworden, ihren Körper und den Kopf gleichzeitig zu schützen. Mit halb geöffneten Lidern verfolgte sie wehrlos, wie Schwester Cécile mit einer Schüssel Wasser und einer Schere auf sie zukam. Mit den letzten Kraftreserven versuchte Sofia deren Vorhaben zu verhindern. Es war vergebens. Wieder wurde sie von mehreren Händen festgehalten. Entkräftet musste sie zusehen, wie eine rote Locke nach der anderen in ihren Schoß fiel. Kaum waren sie fertig damit, musste sie zurück in die Nasszellen. Erst als ein eiskalter Wasserstrahl ihre Haut berührte und sie mit Desinfektionsmittel überworfen wurde, schrie sie vor Schmerz auf. Die offenen Wunden an ihren Füßen und die Wunde an ihrem Handgelenk brannten wie ein loderndes Feuer. Als sie mit ihr fertig waren, stülpte eine dieser Frauen ein graues Kleid, mit der Nummer 889, über ihre nasse und desinfizierte Haut. Noch immer wurde kein Wort gesprochen. Für Sofia war es ein nicht enden wollender Albtraum. Nach dieser Tortur musste sie erneut Schwester Cécile folgen. Abermals überquerten sie mehrere Gänge. Cécile stoppte den Lauf, öffnete eine der kleinen massiven Türen und schob sie in die spärlich beleuchtete Kammer. Sofia hörte, wie hinter ihr die Tür ins Schloss fiel.

Jetzt bin ich endgültig in der Hölle angekommen! Ihr Atem ging flach, als sie sich umsah. Nur ein schmales Bettgestell, ein Tisch und ein Stuhl standen hier drin. Das kleine Fenster, mehr eine Luke, war mit dichten Gitterstäben versehen. In der linken Ecke sah sie ein Loch im Boden. Daneben, in die Wand eingelassen, war ein Steinwaschbecken. Nur ein kleiner Lichtstrahl, nicht dicker als ein dünnes Stück Draht, lugte durch das Fenster. Ein mächtiges dunkles Kruzifix starrte von oben auf sie herab. Furcht und tiefes Herzweh zwangen sie in die Hocke. Der entsetzliche Druck auf ihrer Brust nahm ihr die Luft zum Atmen. Hysterie erfasste sie und sie schrie schrill in den Raum. Sie trampelte mit ihren Füßen auf den Boden und ihre Fäuste flogen gegen die massive graue Betonwand. Sie riss sich an den kurzen Haaren. Verzweifelt schrie sie: „Warum? Ich will keine Braut Gottes werden! Lasst mich hier raus!"

Raum der Stille

Entkräftet knickte Sofia ein. Zusammengekauert, ihre Arme um die Knie geschlungen, blieb sie hin und her wippend in einer dunklen Ecke sitzen. Sie fror, obwohl dieses graue Kleid zu eng am Körper zu sitzen schien. Ihre Augen fühlten sich geschwollen an und schmerzten. Der Boden unter ihren Füßen war feucht und kalt. Stück für Stück robbte sie sich in Richtung der harten Bank. Sie zog sich hoch und legte sich darauf, wobei ihr Körper eine Embryohaltung einnahm. Kurz darauf brachte ihr ein leichter Schlaf die Erlösung. Erst als sie Schlüssel klappern hörte, versuchte sie sich auf die Füße zu stellen. Doch ihre Beine schienen nicht mehr ihr zu gehören. Sie knickte ein und landete mit ihren Knien auf dem harten Steinboden. Es schmerzte so heftig, dass sie sich auf die Lippen biss, bis sie das warme Blut spürte. Eine Nonne, die sie vorher noch nicht gesehen hatte, stellte ihr eine Schüssel mit Brei und eine Kanne Wasser auf den Tisch. Ihre Stimme war ohne jegliche Empfindung: „Hier ist das Essen für den ganzen Tag, teile es dir ein, mehr gibt es nicht." So leise, wie sie gekommen war, verschwand sie auch wieder. Nur das Rasseln aneinanderreibender Schlüssel ließ Sofia zusammenzucken.

Viele Tage war sie in diesem Raum eingesperrt. Den Brei, der ihr täglich gebracht wurde, ließ sie stehen. Sofia verweigerte die Nahrung. Irgendwann – ein Gefühl für Zeit und Raum hatte sie längst verloren – betraten zwei Nonnen die Kammer. Eine der beiden riss Sofias Kopf nach hinten und befahl mit Bosheit in der Stimme: „Du musst essen, mein Kind! Gott braucht gesunde und schöne Bräute."

Die andere Nonne schob ihr währenddessen den abgestandenen Brei der letzten Tage in den Mund. Sofia zappelte, stieß mit ihren Füßen die Ungeheuer von sich und erbrach alles. Viele weitere Tage musste sie diese Prozedur erdulden. Es kam der Tag, an dem die niederträchtigen Gotteschwestern ihr das eigene Erbrochene in den Rachen stopften. Mit jedem weiteren Tag stank es in der Zelle unerträglicher nach Gespienem. Sofias Körper schrie nach Luft und Sonne. Auf ihrem Körper bildeten sich großflächige Eiterbeulen. Sie kratzte sie auf. Der absorbierte Schweiß brannte wie glühendes Eisen auf ihrer Haut. Sofia hatte nur einen Wunsch: STERBEN. Doch dann schaffte sie es, sich selbst in eine Umnebelung ihres Körpers zu versetzen. Die Nonnen waren fest davon überzeugt, dass sie mit dem Teufel rang, als sie das Bewusstsein verlor und ein hektisches Nervenfieber von ihr Besitz ergriff.

Wenn Sofia für einige Sekunden das Bewusstsein wiedererlangte, schrie sie nach ihrer Familie: „Mutter, Dara! Warum habt ihr mich der Hölle ausgesetzt?"

Dara und Marie

Wie angewurzelt stand Dara mitten in der spärlich eingerichteten Dachkammer. Da war überall verschmiertes Blut von Sofias Verletzung auf dem Boden. Marie schrie sie an: „Warum hast du zugelassen, dass sie uns Sofia weggenommen haben? Du bist stark und kräftig! Du hättest sie aufhalten können!" Unter Tränen trommelte sie auf ihre große Schwester ein. Dara hingegen zuckte mit den Schultern, sie hatte keine Antwort darauf. Marie konnte nicht ahnen, wie sehr Dara sich schuldig fühlte. Dafür, dass Sofia ihretwegen in ein anderes Leben gezwungen worden war. Wie hatte das alles nur passieren können? Hätte sie Sofia nicht warnen müssen? Wäre es nicht besser gewesen, sie hätte den Deal mit dem Mann, den sie nicht einmal kannte, verweigert? Aber was hätte sie tun können? Es war der Wille der todkranken Frau.

Dara wusste, dass die gemeinsame Mutter aus Belfast stammte. *Aber warum sollte sie deswegen nach Belfast ziehen? Nur um einen protestantischen Baumwollfabrikanten zu heiraten? Es ergab für sie keinen Sinn. Und wegen dieser Abmachung musste sie ihren* Glauben *verleugnen?! Klar, die Mutter hatte vor einiger Zeit erzählt, dass der Urgroßvater ihres zukünftigen Mannes der älteste Sohn eines Katholiken war und er in jungen Jahren zum Protestantismus übergewechselt war. Nur deswegen wurde er alleiniger gesetzlicher Erbe seines väterlichen Besitztums. Was für eine Schande! Vor allem weil der Vater dieses Sohnes dadurch automatisch enterbt wurde. Von dem Tag an besaß der Vater dieses Jungen keine Rechte mehr auf das Vermögen. Nun war ihr*

zukünftiger Ehemann alleiniger Besitzer dieser Baumwollfabrik.
Dara schüttelte den Kopf bei diesen Gedanken, die ihr im Kopf
herumspukten. *Wie auch immer, Belfast war und würde ihr stets
fremd bleiben. Schon als Kind hatte sie Horrorbotschaften aus
dieser Stadt gehört. Schließlich war sie eine strenge Katholikin
und ihr zukünftiger Gatte ein Protestant. Außerdem war der Mann,
den sie ehelichen sollte, fast zwanzig Jahre älter als sie selbst.
Keinesfalls wollte sie ihm Kinder gebären. Traf sie letztendlich
nicht ein schlimmeres Schicksal als ihre Schwester Sofia? Warum
nur hatte Pater Joschka diesem Deal zugestimmt?*

Dara sah, wie Marie zum Krankenbett ging. Hastig wischte sie
ihre Gedanken symbolisch aus der Stirn. Sie beobachtete, wie das
kleine Mädchen seine Hände auf den Brustkorb der kranken Frau
legte. Mit seinen dünnen Ärmchen versuchte es die Mutter zu
rütteln. Marie weinte und rief: „Sofia ist weg, du musst sie
zurückholen. Hörst du?"
Dara stutzte … Warum reagierte Mutter nicht auf Maries
Ansinnen? Dara ging zu ihrer Schwester und schob sie, ohne ein
Wort des Trostes, vom Krankenlager weg. Etwas härter als gewollt
setzte sie Marie auf den kleinen Schemel und forderte sie auf: „Du
bleibst hier sitzen, bis ich dir erlaube aufzustehen. Hast du das
verstanden?"

Marie schien eingeschüchtert. Sie nickte und hielt ihren alten
zerfetzten Hasen fest an ihre Brust gedrückt. Dara drehte sich weg
von Marie, ging auf das Krankenlager zu und beugte sich zur
Mutter hinunter. Erschrocken wich sie ein Stück zurück, als sie in
die weit geöffneten Augen sah, die ohne jeglichen Glanz zu sein
schienen. Mit den Händen streifte sie über das wachsweiße Gesicht
der Frau.

„Gütiger Himmel!" Dara schnellte aus der Hocke hoch, lief die wenigen Schritte in die Kammer nebenan und nahm eine Scherbe des zerbrochenen Spiegels von dem Holzregal herunter. Sie eilte zurück und fuhr sich dabei nervös mit den gespreizten Fingern durch die borstigen Haare. Als sie das alte Sofa erreichte, bückte sie sich zur Mutter herunter und hielt ihr die Scherbe vor den Mund. Ihre schlimme Ahnung bewahrheitete sich. Mutter atmete nicht mehr. Augenblicklich brach ein Vulkan in ihr aus. Sie griff nach dem leblosen Körper und schüttelte diesen wie eine Puppe. Dann schrie sie: „Nein, verdammt noch mal, du kannst jetzt nicht einfach abhauen!" In ihrem Schmerz verfluchte sie den Vater, der sie im Stich gelassen hatte. Sie verwünschte den Staat und die Kirche, die maßgeblich an Sofias und ihrem Schicksal mitverantwortlich waren.

Wütend drehte sie sich um, als Maries dünne Ärmchen ihre Beine umschlangen. Erst jetzt wurde sie sich ihres Wutausbruchs bewusst. Dennoch dauerte es einige Sekunden, bis sie ihren hektischen Atem in den Griff bekam. Noch einmal drehte sie sich um, atmete stoßweise die Luft aus ihrer Lunge, bevor sie wieder zum Lager der toten Mutter ging. Als Dara deren Augen schloss, musste sie wegsehen. Ein Gebet zu sprechen, wollte ihr ebenfalls nicht gelingen. Wozu auch? Gott war nicht da, als Sofia abgeholt worden war. Augenblicklich spürte Dara eine schwere Last auf ihren Schultern. Sie beugte sich zu Marie hinunter und sah sie ernst an.

„Unsere Mutter ist nun an einem anderen Ort und schaut auf uns."

„Warum hat sie uns verlassen? Ist sie jetzt bei Papa?"

„Nein, sie war krank und sehr müde. Jetzt kann sie viel schlafen und nebenbei auf uns aufpassen."

„Auch auf Sofia? Kommt sie zurück?"

Dara schüttelte den Kopf, sagen konnte sie nichts. In diesem Augenblick wurde ihr bewusst, dass sie nun die Verantwortung für Marie zu tragen hatte. Dara sah ihre kleine Schwester traurig an und fasste den Entschluss, Pater Joschka aufzusuchen. Er hatte dafür zu sorgen, dass Mutter beerdigt und sie beide nach Belfast reisen konnten. Dara sprach ihre weiteren Gedanken laut aus: „Wir beide gehen jetzt zur Nachbarin im ersten Stock." „Nein, ich will bei dir bleiben!" Marie weinte und hielt sich an ihrem Rock fest. Doch Dara ließ sich davon nicht erweichen. Sie hatte keine andere Wahl, als die Kleine bei der Nachbarin unterzubringen. Hastig packte sie einige Sachen für sich und Marie zusammen. Sie fühlte sich miserabel dabei!

Auf dem Sofa lag die tote Mutter!

Sofia musste im Kloster ausharren!

Und Marie sollte sie zu einer Frau bringen, vor der die Kleine Angst zu haben schien. Ungewollt entfuhr ihr ein lauter Seufzer. Mit einem Mal fiel ihr das Medaillon am Hals ihrer Mutter ein. Im Inlett war ein Foto von ihr und den Schwestern. Keinesfalls wollte sie die Kette zurücklassen, deren Medaillon in einem Goldrahmen gefasst war. Es war das Erbstück ihrer Oma, an die sie sich kaum noch erinnern konnte. Das letzte Mal, als sie sie gesehen hatte, war Dara gerade so alt wie jetzt Marie. An den damaligen Streit konnte sie sich vage erinnern. Oma wollte die Familie nach Belfast zurückholen. Großmutter warf ihrem Vater vor, ein Trunkenbold zu sein und nicht für die Kinder zu sorgen. Mutter wollte nichts davon hören und hatte das Angebot, mit zurück nach Belfast zu gehen, abgelehnt. Kurz darauf war Oma abgereist und sie hatte sie nie wiedergesehen. Und Vater war ein Jahr später nach Amerika ausgewandert und hatte die Familie zurückgelassen.

Mit diesen Gedanken im Kopf schob sie Marie aus der Tür. Sie bat sie, die steile Treppe nach unten zu gehen. Dort sollte sie auf sie warten.

Erst als Marie das Treppenhaus erreicht hatte, schüttelte Dara ihre düsteren Gedanken ab. Mit einem Grummeln im Bauch trat sie an das Totenbett. Sie beugte sich hinunter und nahm ihrer Mutter das Medaillon vom Hals. Mit Tränen in den Augen ließ sie das Schmuckstück in ihre Rocktasche gleiten. In diesem Augenblick des Tuns brannte der Verlust um Sofia schmerzhaft in ihrer Seele. Denn Sofia war trotz ihrer jungen Jahre immer die Optimistin in dieser Familie gewesen, die „Starke und Trotzige".

Dara drehte sich nicht mehr um, als sie zu der Luke ging, die ins Treppenhaus führte, und hinunterstieg. Marie wartete bereits auf sie.

„Komm, lass uns diesen traurigen Ort verlassen."

„Muss ich jetzt zu der komischen Frau?"

Dara nickte. „Ja, es geht nicht anders."

„Die macht mir Angst. Ich will mit dir gehen!"

Mit ihren nackten Füßen und dem zerfetzten Hasen im Arm trippelte Marie hinter Dara her und bettelte: „Ich will nicht zu dieser Frau, die Wohnung macht mir Angst!" Dara blutete das Herz bei diesen Worten.

Es dauerte eine gefühlte Ewigkeit, bis Frau O'Connor nach hartnäckigem Klopfen und Rufen die Tür einen Spalt öffnete. Dara erklärte ihr mit tonloser Stimme, was passiert war. Frau O'Connor nickte. Nun wusste sie, warum Sofia abgeführt worden war. Sie ließ die beiden eintreten. Dara schob ihre jüngere Schwester behutsam ins abgedunkelte Zimmer. Es war unbehaglich. Marie weinte vor sich hin, während Frau O'Connor erwiderte: „Gut, für zwei Tage darf Marie hier wohnen. Und leg beim lieben Herrgott ein gutes Wort für mich ein, wenn du mit Pater Joschka sprichst."

„Mach ich", erwiderte Dara sichtlich erleichtert. Im selben Augenblick drehte sich Marie zu ihr um und umklammerte ihre Beine. Ein herzzerreißendes Schluchzen folgte. Daras Herz stolperte heftig. Sie wusste, dass ihre Schwester vor abgedunkelten Räumen und dieser Frau Angst hatte. Doch ihr war klar, dass sie in diesem Moment keine Schwäche zeigen und keine Rücksicht walten lassen durfte. Stumm nahm sie die Kleine in den Arm. Sie sollte nicht sehen, wie schwer es ihr fiel, sie nach diesen traumatischen Erlebnissen hier zurückzulassen. Hastig verabschiedete sie sich von Marie und schloss lautlos Frau O'Connors Tür hinter sich.

Dara trat den Marsch zum Priester an. Eine Droschke konnte sie sich nicht leisten. Der Weg war lang und holprig und ihre Behinderung machte es nicht gerade leichter. Einen ganzen Tag war sie schon unterwegs. Nun war es zu spät und die Kirche bereits geschlossen. Ihre Beine und die rechte Hüfte schmerzten. Etwas unbeholfen und steif suchte sie sich eine Ecke nahe einem dichten Holunderbusch. Hier konnte sie unbeobachtet die Nacht verbringen. Mit dem langen Schal wickelte sie sich, so gut es ging, ein.

Der Kirchenturm schlug zur fünften Stunde am frühen Morgen. Als sie die Augen aufschlug, sah sie in den aufsteigenden Nebel, der sich wie ein Watteteppich vor ihr ausbreitete. Dara zog ihren Schal enger um ihren Körper und wünschte sich inständig, die Tür zum Gemeindehaus des Priesters möge endlich geöffnet werden. Doch zwei lange Stunden musste sie sich noch gedulden. Unmerklich zuckte Dara zusammen, als zwei kräftige Hände ihre Schultern umfassten. Steif und unbeholfen erhob sie sich.

„Pater Joschka erwartet dich bereits", vernahm sie die Stimme des Kantors. Dara nickte und schlang den Schal enger um ihren Körper, während sie das Vorzimmer betrat. Der Priester begrüßte sie und forderte sie auf, die Reise nach Belfast zusammen mit Marie am übernächsten Tag anzutreten. Dara fühlte sich überrumpelt, als der Pater ihr die nötigen Heiratsunterlagen, wenige irische Pfund und ein Verpflegungspaket übergab. Kurz darauf hob er seine Hände und segnete sie.

„Gott der Allmächtige sei mit dir und deiner Schwester. Und sei getröstet, Sofia wird bei uns im Kloster ein anderes, wertvolleres Leben beginnen. Und nun geh, mein Kind!" Dara sah ihn irritiert an und schüttelte den Kopf.

„Wir werden bleiben, bis unsere Mutter in Würde beerdigt worden ist. Außerdem haben wir es nicht eilig, nach Belfast zu gelangen."

„Meine Tochter, du widersprichst mir?"

„Ja, denn wir werden erst nach der Beerdigung unserer Mutter aufbrechen. Wird Sofia auch da sein?"

„Nein, mein Kind, deine Schwester wird eine Braut Gottes und sorgfältig darauf vorbereitet."

„Warum Sofia und nicht ich?"

„Sie ist aus einer Sünde heraus geboren. Sie ist eure Halbschwester, aber sehr intelligent, warmherzig und schön. Damit Sofia nicht wie eure Mutter in Ungnade fällt, halten wir es für richtig, sie mit unserem Herrn zu vermählen."

Dara war sprachlos. Damit hatte sie wahrhaftig nicht gerechnet. *Sofia war ihre Halbschwester?!* Als sie den Pater weiter befragen wollte, war er bereits verschwunden.

Am Tage nach der Beerdigung wurden Dara und Marie von einem Vertreter der Kirche in eine Kutsche verfrachtet. Drei

Nächte waren sie unterwegs. Am vierten Tag trafen sie in Belfast in der Fabrikantenvilla ihres zukünftigen Ehemannes ein. Eine Belegschaft von drei Frauen nahm sie in Empfang. Marie presste sich an ihre Schwester – so, als wolle sie diese nie wieder loslassen. Eine der Frauen löste behutsam die Kleine von Dara und zog sie weg. Beide mussten ein ausgiebiges Bad nehmen. Anschließend wurden sie standesgemäß gekleidet. Dara sah in den Spiegel und erkannte sich nicht mehr wieder. Ihre borstigen roten Haare hatte man ihr streng nach hinten gekämmt, sodass ihr rundes gerötetes Gesicht und ihre niedrige Stirn zur Geltung kamen. Die wulstigen Lippen hatte man in einem zarten Rosa nachgemalt. Gekleidet war sie wie eine Farmerin. Dara musste zugeben: Es gefiel ihr, was sie im Spiegel sah. Man hatte ihr erzählt, dass sie erst am späten Abend ihren zukünftigen Ehemann kennenlernen sollte. Darüber war sie nicht böse, so bekam sie Gelegenheit, sich in die neue Situation einzufinden. Die Schwestern machten mit einer Angestellten eine ausführliche Hausbesichtigung. Am Ende der Besichtigungstour wurde Dara in das für sie eigens hergerichtete Zimmer geführt. Hierhin durfte sie sich jederzeit zurückziehen. Zumindest versicherte ihr das die Haushälterin dieser Villa. Der Raum wirkte klein, dennoch war er mit einem Sekretär und einem Stuhl ausgestattet. In der Ecke, nahe am Fenster, hatte eine zweisitzige Couch ihren Platz gefunden. Dara öffnete das Glasfenster und atmete kräftig die frische Luft ein, die ihr entgegenströmte. Achtsam schloss sie das Fenster wieder und holte das Medaillon aus der Tasche. Wehmütig betrachtete sie es. Ein Seufzer der Traurigkeit entfuhr ihren Lippen. Nun blieb ihr nichts anderes übrig, als das Schmuckstück sorgfältig in ein Tuch zu wickeln und anschließend in eine Ecke des Sekretärs zu legen. Sie schwor sich, dieses Medaillon Sofia persönlich zu überreichen.

Es klopfte. Marie betrat das Zimmer. Sie sah allerliebst aus, trotz der Trauer, die sie umgab. Dara lächelte. Ihr gefiel, wie ihre kleine Schwester in Erscheinung trat, sauber und neu eingekleidet. Ihre rotblonden Haare waren zu einem Zopf gebunden. Spontan nahm Dara Marie in die Arme. Die Kleine weinte; sie vermisste Sofia und ihre Mutter so sehr!

„Marie, du musst nicht weinen. Schau, uns wird es hier gut gehen."

Der Versuch, Marie zu trösten, misslang. Die Kleine wollte sich nicht beruhigen lassen. Mit tröstenden Worten schob sie Marie sachte aus ihrem Zimmer. Sie musste einige Minuten allein sein. Auch sie hatte viel zu verarbeiten. Vor ihrem geistigen Auge erschien ihr die Zukunft trostlos und leer. Bei dieser Erkenntnis krampfte sich ihr Herz zusammen.

Dara sah auf die Standuhr, die düster und bedrohlich in ihrem kleinen persönlichen Zimmer wirkte. Je näher der Zeiger Richtung siebzehn Uhr pendelte, umso mächtiger wurde das Grummeln in ihrem Bauch. Mit nervösen Fingern legte sie sich die Stola, die ihre Mutter ihr vor langer Zeit geschenkt hatte, um die Schultern. Der dicke Teppich dämpfte ihre Schritte, als sie die wenigen Meter zu Maries Zimmer zurücklegte. Dara klopfte. Genau in diesem Augenblick wurde nach ihnen gerufen. Marie trat aus der Tür. Automatisch griff Dara nach ihrer Hand, als Bedienstete sie in das große Esszimmer geleiteten. An der Türschwelle versuchte Marie ihre Schwester daran zu hindern, den Raum zu betreten. Bevor Dara etwas sagen konnte, kam ihnen ein 1,80 Meter großer Mann mit dünnem, lichtem Haar entgegen. Er hielt an, als er Daras Fußspitzen berührte. Unmerklich zuckte sie, als er ihr seine schwielige große Hand gab. Seine Fingerspitzen waren gelb vom vielen Rauchen. Sein Händedruck war kräftig.

„Sei gegrüßt, Dara. Ich bin Brodie, dein zukünftiger Ehemann."

Dara sah zu ihm hoch, die dunklen Augenränder ließen diesen Mann müde wirken. Außerdem hatte er auffallend rote Äderchen an beiden Wangen.

Er muss um die 40 Jahre sein. Oh mein Gott, weshalb ich?, schoss es ihr durch den Kopf. Sie senkte ihre Augenlider und erwiderte leise: „Sei gegrüßt, Brodie ... hier bin ich nun."

Der Mann drehte sich weg von ihr und wandte sich Marie zu. Dara empfand es als unhöflich, dass er sie nicht weiter beachtete.

„Du musst Marie sein, habe ich recht?", hörte sie ihn sagen.

„Ja, das bin ich, aber ich will hier nicht bleiben! Meine Mutter und Sofia brauchen mich."

„Das vergeht, Marie ... Kommt zu Tisch, ich möchte euch mit meinen Angestellten dieses Hauses bekannt machen", erwiderte der Hausherr. Auch Maries Worte hatte er ignoriert, bemerkte Dara, als sie ihren Blick über die große Tafel schweifen ließ. Mindestens fünfzehn Menschen saßen an dem Tisch. Jeder hatte etwas zu sagen und sie spürte die Blicke dieser Leute auf ihrer Haut. Wie ein Stück Vieh auf dem Viehmarkt wurden sie und Marie begutachtet. Es war ihr sehr unangenehm und sie hoffte, dass dieses Essen bald vorbei sein würde. Außerdem bekam Dara keine Gelegenheit, das Wort zu ergreifen. So schlich die Zeit, die stehen geblieben zu sein schien, dahin. Ihr künftiger Ehemann machte keine Anstalten, die Tafel aufzulösen. Dabei sehnten sich Dara und Marie danach, die Trauer, die noch so frisch war, für sich zu verarbeiten. Erst weit nach Mitternacht verließen die letzten Anwesenden die Tafel. Marie war zwischenzeitlich auf der Bank eingeschlafen. Brodie nahm die Kleine wie eine Feder auf den Arm und brachte sie in ihr Zimmer. Vorsichtig legte er sie auf das Bett. Dara hingegen blieb sitzen und wartete. Anschließend setzte Brodie sich zu ihr. An diesem Abend erfuhr Dara, dass ihre Mütter als Kinder befreundet gewesen waren und diese Heirat schon seit langer Zeit geplant war.

Wenige Tage nach dem Gespräch mit Brodie kam Mela, ihre Schwiegermutter in spe, zu Besuch.

„Wie geht es dir, mein Kind? Bist du aufgeregt wegen deiner Heirat?"

„Weshalb sollte ich das sein?", stellte Dara die Gegenfrage.

„Es gibt genügend Frauen in Belfast, die gerne so eine gute Partie machen würden."

„Außerdem war ich deiner Mutter noch etwas schuldig. Und mein Sohn braucht eine Frau, die ihn bemuttert und ordentlich den Haushalt führt. Außerdem solltest du einen Jungen zur Welt bringen. Nur so kann das Erbe seines Vaters erhalten bleiben. Als Gegenleistung dafür, dass du bleibst und meinen Burschen heiratest und unseren Glauben annimmst, übernimmt mein Sohn die Vormundschaft für Marie. Du sollst wissen, dass auch ich sehr krank bin. Daher werde ich nach Amerika zu meiner Schwester umsiedeln. Dies alles hier gehört meinem Sohn und somit nach der Heirat auch dir. Ich selbst werde in Amerika bleiben und nicht mehr zurückkommen. Nach eurer Hochzeit mache ich mich auf die große Reise."

Dara starrte sie an. *Wie konnte diese Frau so emotionslos sein?* Augenblicklich wurde ihr bewusst, dass sie hier unter diesen Menschen nur auf Hartherzigkeit stoßen würde. Alle wussten, dass sie in diesem Haus lediglich Gegenstand eines Deals war.

***

Dara war erleichtert, dass die Tage hier recht schnell vergingen, obwohl die Hochzeit näher rückte. Für sie war es nur von Vorteil, keine Zeit zum Grübeln zu haben. So musste sie weniger über die Zukunft nachdenken. Bei dem Gedanken, dem katholischen Glauben zu entsagen, wurde ihr jedes Mal schlecht. Es war so, als reiße man ihr ein Stück Leben aus dem Herzen.

Wenige Tage später stand sie weiß und gläsern wie eine Wachspuppe vor dem Altar. Dara hörte nicht, was der Pastor predigte. Erst ein sanfter Stoß in die Rippen holte sie in die Realität zurück. Sie murmelte ein Ja, obwohl sie Nein sagen wollte. Die Trauungszeremonie und die Worte des Pastors waren ungewöhnlich. Es fühlte sich alles falsch an. Nicht so, wie sie Predigten von Kind auf kannte. Als Marie sie am Zipfel des Kleides zog, wusste Dara, dass dieses Trauerspiel, wie sie es insgeheim nannte, sich dem Ende zuneigte. Wie in Trance nahm sie die Glückwünsche entgegen von Menschen, die sie nicht kannte. Das Hochzeitsessen fand in der Villa statt. Kaum war die Tafel abgeräumt, verabschiedeten sich die geladenen Gäste von ihr. Brodie verließ wenige Minuten später in Arbeitskleidung das Haus, um in seiner Baumwollfabrik präsent zu sein. Dara hatte sich ihre Hochzeit wahrlich anders vorgestellt … Und dann war die Villa plötzlich wie leer gefegt. Die Bediensteten hatten in Windeseile alle Reste vom Essenstisch beseitigt, ihr höflich zugenickt und waren verschwunden. Jetzt standen nur noch sie selbst und Marie im großen Saal. Wie ein dunkler Schleier legte sich eine unbekannte Schwermut über sie. In diesen trostlosen Minuten vermisste sie Sofia und ihre Mutter so sehr! Doch sie musste jetzt stark sein.

„Marie, hilfst du mir, das grässliche Hochzeitskleid auszuziehen?"

„Warum? Du wolltest den Kerl heiraten! Ich mag ihn nicht. Merkst du nicht, dass er dich wie eine Magd behandelt?"

„Nein, das tut er nicht. Sicherlich ist er genauso wenig begeistert wie ich, dass unsere Mütter es so wollten. Es war deren letzter Wille, verstehst du das?"

„Nein, das tue ich nicht. Unsere Mutter hat uns bestraft und uns Sofia weggenommen. Diese Frau war böse! Außerdem mag ich deinen Mann überhaupt nicht. Komm, lass uns von hier verschwinden."

„Nein Marie, wenn du älter bist, wirst du es verstehen. Mutter wollte nur das Beste für uns. Bitte hege keinen Groll gegen sie. Sieh nur, wir müssen nicht hungern, du trägst schöne Kleider, hast immer etwas zu essen und warm haben wir es auch. Außerdem kannst du die Schule besuchen. Also lass das Jammern!"

„Ja, schon, aber ich werde gemieden wie die Pest. Niemand spricht mit mir. Wenn die in Gruppen stehen, starren sie zu mir herüber, flüstern sich was zu und zeigen mit dem Finger auf mich. Ich will da nicht mehr hin!" Marie brach in Tränen aus und rannte aus dem Speisesaal.

Dara bereute es, dass sie so barsche Worte gesprochen hatte. Mit hängenden Schultern lief sie in den ersten Stock in das Umkleidezimmer. Das Kleid, in dem sie steckte, war zum Davonlaufen! Es war schwer, ein bisschen zu eng und es kratzte. Es passte perfekt zu ihrer seelischen Verfassung. Mit spitzen Fingern zerrte sie es über ihren Kopf. Düstere Gedanken begleiteten sie dabei. Wütend faltete sie das Kleid zusammen und steckte es zurück in den Karton. Morgen musste sie es zurückbringen. Als sie es abgeholt hatte, hatte sie erfahren, dass es ein geliehenes Kleid war. Das empfand sie als peinlich.

Dara spritzte sich kaltes Wasser ins Gesicht und rückte ihre störrischen Haare zurecht, bevor sie die Treppe hinunter ins Erdgeschoss ging. Schemenhaft sah sie Marie mit verweinten Augen am Fenster stehen. Leise rief sie nach ihr. Als Marie sich umdrehte und Dara in das verquollene Gesicht ihrer kleinen Schwester blickte, umarmte sie sie. Eng umschlungen blieben sie sitzen, während jede ihren eigenen Gedanken nachhing. Das war wieder einer dieser Augenblicke, in dem sie ihre Schwester schmerzhaft vermissten. Sie hatten sich beide so sehr gewünscht, Sofia auf der Hochzeit zu sehen! Bis zur letzten Sekunde hatten sie gehofft, sie unter den Gästen begrüßen zu dürfen. Aber niemand wollte oder konnte ihnen sagen, wo sie sich derzeit aufhielt. Sie vermissten Sofia mit jedem Tag mehr.

Draußen wurden Stimmen laut. Ihr Ehemann kam zurück. Offensichtlich nicht allein. Hastig lösten sie sich aus ihrer Umarmung und schlichen in Maries Zimmer. Zusammen stellten sie eine brennende Kerze ins Fenster und schworen sich, ab sofort jeden Abend ein Licht anzuzünden, damit Sofia hoffentlich den Weg zu ihnen finden würde.

***

Der Alltag hatte Dara längst eingeholt. Die Stunden, Tage und Wochen vergingen wie im Flug. Dara fiel es schwer die ihr zugeteilte Arbeit, die ihr die Angestellten auferlegten, zu bewältigen. Für ihre Schwester hatte sie kaum Zeit. Sie fing an, sich Sorgen zu machen. Marie schien an Gewicht zu verlieren. Ihre Haut war blass und in ihren Augen spiegelte sich die Trauer wider.

Dies war nicht der einzige Kummer, den Dara mit sich herumschleppte. Brodie distanzierte sich mit jedem Tag mehr von ihr. Ihr derzeitiger Trost waren die Samstage, die sie größtenteils mit Marie verbrachte. Denn ihr Mann zog an den Wochenenden die Pubs vor. Sie hasste es, wenn er dann immer spätabends mit einer Whiskeyfahne das Schlafzimmer betrat und sie belästigte.

Jeden zweiten Samstag schrieb Dara mit Marie einen Brief an Sofia. Die Adresse war das Kloster in Dublin. Es machte sie schier verrückt, keine Antwort, auf ihre Schreiben zu bekommen, keine einzige Reaktion. Sie wurde immer ungeduldiger. Marie hielt diesen Zustand nicht mehr aus. Sie schrieb direkt an Pater Joschka. In diesen Zeilen bat sie ihn, Auskunft über Sofia zu geben. Maries Geduld wurde auf eine harte Probe gestellt. Fast drei Wochen später kam schließlich eine Antwort von dem Geistlichen. Er ließ ihnen einen Brief über die Mutter Oberin des Klosters zukommen. Dara und Marie platzten fast vor Neugier! Zugleich waren sie wahnsinnig aufgeregt. Hastig öffnete Dara den Umschlag und las laut vor:

Liebe Schwestern, der Pater bat mich, Euch die Frage zu beantworten, ob es Sofia gut geht. Ja, es ist alles in Ordnung. Derzeit wird sie darauf vorbereitet, eine Braut Gottes zu werden. In dieser Zeit wird sie von der Außenwelt abgeschirmt, damit sie sich voll und ganz auf ihre zukünftige Aufgabe konzentrieren kann. Sofia wird sich persönlich melden, sobald wir es ihr erlauben. Gott segne Dich und Deine Schwester.

Dara ließ das Blatt sinken. Ihr war nicht klar, was sie von diesen Zeilen halten sollte. Auch Marie fand die geschriebenen Worte nicht aufrichtig.

„Dara, irgendetwas stimmt da nicht. Ich spüre es!"

„Du hast recht, Marie, mir geht es genauso. Komm, beten wir für Sofia."

„Wir werden nicht aufhören und weiterhin Briefe ins Kloster schicken. Bist du dabei?"

Dara nickte ihrer Schwester bejahend zu. Lange hielten sie sich umschlungen. Sie wünschten sich inständig, bald wieder mit Sofia verbunden zu sein.

Sofia – dem Raum der Stille entronnen

Sofia wachte von ihrem eigenen Schrei auf und fuhr in die Senkrechte. Ihr Herz raste, sie keuchte und wischte sich verwirrt über die Stirn. Mit eigenen Händen hatte sie ihre Schwester Marie lebendig aus einem Grab gehoben. Wie scheußlich! Für einen kurzen Augenblick öffnete sie die Augen. Doch ihr Blick war milchig. Die Stimmen, die sie hörte, schienen weit weg zu sein. Warum drehte sich alles in ihrem Kopf? War sie in der Hölle angekommen? Vorsichtig ließ sie ihre Hände über den Untergrund wandern, auf dem sie lag. Sofort wurde ihr klar, dass sie nicht in der feuchten Zelle war. Mit dieser Erkenntnis lockerten sich ihre angespannten Bauchmuskeln. War sie in Sicherheit? Doch der Gedanke an das Kloster kam zurück und schob einen dunklen Fleck vor ihre Augen.

„Sie ist wach."

Sofia erkannte die Stimme des Priesters. Als er seinen Körper über sie beugte, zog sie instinktiv die Leinendecke bis über die Ohren.

„Raus ... raus aus dem Bett!", schrie ihr aufgewühltes Inneres.

„Sie hat hohes Fieber, lassen Sie das junge Ding schlafen, Pater", hörte Sofia eine dunkle Frauenstimme sagen. Der Schatten über ihrem Kopf erhob sich. Nur einen Schlitz breit öffnete Sofia ihre Augen. Sie richtete ihren Blick zu dem Mann mit dem weißen Kittel.

„Wo habt ihr mich hingebracht, ihr Ungeheuer? Lasst mich zu meiner Familie!"

Sofia wollte sich aufsetzen und ihren Worten Gewichtigkeit verleihen. Sie versagte kläglich. Eine dünne Kanüle in der rechten Armbeuge verhinderte dies.

„Du hast Glück, dass du noch lebst. Der liebe Gott hat bestimmt etwas Besonderes mit dir vor", hörte sie den Mann im weißen Kittel sagen.

„Warum habt ihr mich nicht sterben lassen? Ich will nicht zurück in das dunkle Kloster!"

Schwer atmend fiel sie zurück in das Kissen. Eine Schwester mit einer steifen weißen Haube auf dem Kopf und einem altmodischen Kragen zog sie wieder hoch und half ihr, sich aufzusetzen.

„Beruhige dich, du musst etwas trinken." Mit einer Schnabeltasse flößte die Schwester ihr den wässrigen Tee ein. Erst nachdem ihr die Tasse von den Lippen genommen worden war, erkannte sie, dass viele Blicke auf ihr ruhten. Vor Scham schoss ihr das Blut in den Kopf. Etwas überhastet ließ sie sich zurück in das Kissen fallen und riss sich dabei die Kanüle aus der Armbeuge. Sie war zu müde, um es zu bemerken. Es dauerte nur Sekunden, bis sie ihre Augen wieder schloss und einschlief.

Wie lange sie geschlafen hatte, wusste sie nicht. Ein unangenehmes Kribbeln auf ihrer Haut hatte sie geweckt. Es schien, als ob tausend beißende Ameisen Besitz von ihrem Körper ergriffen hätten. Blitzschnell schlug Sofia die Decke zurück und flüchtete aus dem Bett. Ihre Augenlider flackerten nervös hin und her, während sie mit den flachen Händen wild auf ihren Körper schlug. Sie schrie und bettelte darum, die beißenden Kakerlaken von ihrer Haut zu nehmen.

Der ungewöhnliche Krach hatte einige Schwestern zurück ins Krankenzimmer geholt. Zwei kräftige Arme hielten ihre Hände fest. Zwei weitere Schwestern legten ihre Handgelenke in Schlaufen und fixierten diese. Danach ging alles ganz schnell. Der hinzugerufene Arzt schob eine neue Kanüle in ihre Vene. Nach wenigen Minuten spürte sie, wie die Ameisen allmählich verschwanden und das brennende Jucken nachließ. Still und teilnahmslos blieb sie in ihren Kissen liegen. Erst als Pater Joschka das Zimmer betrat, fühlte sie, wie das Blut in ihren Kopf schoss. Seine Worte klangen in ihren Ohren wie purer Hohn.

„Siehst du, du tust gut daran, den Tropf durch deine Vene fließen zu lassen, wenn du nicht willst, dass dieses Jucken wieder anfängt. Der Teufel hat noch immer Besitz von dir!"

„Nein, das ist nicht wahr! Nicht der Teufel, sondern euer Kloster hat mich in diese verseuchte Zelle gesteckt. Wolltet ihr mich töten? Wie bin ich überhaupt hierhergekommen?" Wenn sie die Kraft gehabt hätte, wäre sie Pater Joschka an die Kehle gesprungen. So wütend war sie auf ihn und überhaupt auf die ganze Welt. Die vorwurfsvollen Blicke, die der Priester und der Arzt ihr zuwarfen, berührten sie nicht. Endlich verließen sie den Krankensaal. Eine Schwester, die gerade den Dienst angetreten hatte, versuchte Sofia zu beruhigen.

„Ich bin die Nachtschwester Festina. Wenn du ruhig liegen bleibst und nicht wieder einen Wutanfall bekommst, erkläre ich dir, wo du bist."

Sofia nickte, sagen konnte sie nichts. Sie war innerlich zu aufgewühlt. Erst als die Schwester zu sprechen begann, beruhigte sich ihr Herzschlag ein wenig.

„Du bist im Mater-Hospital, das dem Kloster angeschlossen ist. Ein Nervenfieber hatte dich über einen längeren Zeitraum fest im Griff."

„Ja, aber warum? Nur weil ich in diesem scheußlichen, dunklen Loch nichts essen wollte?"

„Ja, genau darum! Eine Ordensschwester wollte dir deine Tagesration bringen, doch du lagst zusammengekrümmt und mit verdrehten Augen auf dem Boden. Es schien, als hätte dich die Grippe mit einem plötzlichen Fieberanstieg von fast vierzig Grad Celsius erfasst. Deine Augen waren rot unterlaufen. Du hattest eine Bindehautentzündung. Als die Nonnen dich hochzogen, erblickten sie die roten eitrigen Pusteln, die deinen Körper übersäten. Sie glaubten fest daran, dass der Teufel persönlich in dir stecke. Dein Puls war schwach. Du hast gezittert wie Espenlaub, so, als habe dich das Tropenfieber erfasst. Die Nonnen bekamen Angst, schickten jemanden zu uns. Und so bist du hier gelandet."
Mit diesen Worten verließ die Schwester das Krankenzimmer.

Sofia konnte es nicht ertragen, still im Bett zu liegen und dem Tropf zuzusehen, wie dieser langsam den Weg in ihre Venen fand. Doch dieses Mal wollte sie ausharren, bis sie wieder geheilt sein würde. Endlich kam der Tag, an dem sie sich gesund genug fühlte, um Schwester Festina ohne Umschweife zu fragen: „Weiß meine Familie, wo ich bin?"

„Nein, es wohnt niemand mehr dort, sie sind weggezogen."

„Das glaube ich nicht! Niemals würden sie mich zurücklassen! Haben die Monster in schwarzen Kutten meine kleine Schwester Marie auch entführt?"

„Nein, haben sie nicht! Deine Mutter ist, kurz nachdem du abgeholt worden warst, gestorben. Und Marie ist mit deiner Schwester Dara nach Belfast abgereist. Soviel ich weiß, geht es ihnen gut. Das habe ich gehört, als der Pater mit dem Arzt über dich sprach. Aber ... offiziell wissen wir hier im Hospital nichts. Ich sage es dir im Vertrauen! Wir haben den Auftrag, dich in den nächsten Tagen zurückzubringen."

„Nein, nicht ins Kloster! Ich gehe nicht dorthin zurück!"

„Pst, sei leise ... bleib ruhig, sonst bringen die dich gleich zurück", flüsterte die Schwester mit dem klugen Blick und der Nickelbrille. Sachte hielt sie ihr die Hand vor den Mund. Sofia hatte verstanden.

„Du darfst heute aufstehen und dich waschen."

Sofia war klar, dass die Schwester das Gespräch bewusst in eine andere Richtung lenken wollte. Sie nickte und hob ihre Beine aus dem Krankenbett. Etwas wackelig blieb sie auf der Bettkante sitzen. Sie wusste nicht so richtig, was sie tun sollte. Wie immer, wenn sie unschlüssig war, strich sie sich über ihr heiß geliebtes Haar. Erschrocken schrie sie auf.

„Wo sind meine Haare geblieben? Was haben die mit mir gemacht?" Mit einem Schluchzen fiel sie in sich zusammen. Kein einziges Haar war mehr auf ihrem Kopf! Sie rannte hinter den Vorhang zu den Waschbecken. Ihr Mund blieb offen stehen, als sie in den Spiegel blickte. „Warum nur?"

Schwester Festina zog sie weg vom Spiegel und schob sie zurück zu ihrem Bett.

„Warum meine Haare? Die hatten die Monsternonnen im Kloster bereits kurz geschoren. Aber jetzt habe ich eine Glatze!"

„Beruhige dich! Deine Haare waren von dem dicken Brei völlig verfilzt und verunreinigt. Offensichtlich hast du dich des Öfteren daran gezogen."

Sofia spürte, wie ihr die Röte ins Gesicht schoss. Schnell senkte sie den Kopf und murmelte: „Ohne Haare auf dem Kopf fühle ich mich so nackt und gebrandmarkt."

Ohne die Schwester anzusehen, richtete sie sich auf und schritt zum Fenster. Sie schaute in den wolkenverhangenen Himmel. Sie weinte ohne Tränen und wollte nur noch eines: raus aus diesem Albtraum! Mehr zu sich selbst als zu Festina sagte sie: „Warum hat dieser Gott mich verlassen? Warum hat Mutter es bestimmt, dass ich ins Kloster muss und nicht Dara? Dara ist die Ältere. Was habe ich Böses getan?" Sofias Mundwinkel hingen nach unten, als sie wieder in ihr Bett stieg.

Die Flucht

Festina war eine der wenigen Schwestern, die genauestens über die Machenschaften des Klosters Bescheid wusste. Schon lange Zeit arbeitete sie als freie Krankenschwester in der Wechselschicht. Vor einem Jahr etwa konnte sie Kathrin, ihre Anverwandte, dem Kloster entreißen. Seit dem Tag der Entführung hatte sie kein Wort mehr gesprochen. Etwa drei Monate danach nahm sich ihre Nichte das Leben. Sie, Festina, und der Rest ihrer Familie wurden aus der Kirche ausgeschlossen. Selbstjustiz war eine Todsünde. Die Obersten der Kirche machten ihr mit aller Deutlichkeit klar, dass es besser wäre, den Vorfall zu vergessen. Außerdem wurde ihr mit der Entlassung aus dem Hospital gedroht, sollte ein Wort über das vergangene Ereignis an die Öffentlichkeit gelangen. Daraufhin schwor sich Festina, junge Mädchen, die ins Kloster verschleppt worden waren, zur Flucht zu verhelfen. Das Risiko, entdeckt zu werden, war ihr bewusst. Aus diesem Grunde verriet sie keiner der jungen Patientinnen ihren richtigen Namen.

An einem Abend, kurz bevor die Schicht zu Ende ging, schob Schwester Festina ihr einen Zettel in die Tasche des Mantels, den sie über dem Nachthemd trug. Sofia war neugierig, ihre Hände konnten nicht schnell genug das Blatt auseinanderfalten. Dort stand in gestochen scharfer Schrift:

Komm heute Abend um acht Uhr zu der kleinen Tür neben der Toilette. Wenn du diese Nachricht gelesen hast, vernichte den Zettel. Er darf niemals bei dir gefunden werden.

Sofia wunderte sich über die Nachricht. Wieso half Festina ihr? Aber sie hatte keine andere Wahl, als ihr zu vertrauen. Also tat sie, was von ihr verlangt wurde. Kaum hatte sie die kleine Tür neben der Toilette erreicht, winkte die Schwester ihr gehetzt zu. Wortlos folgte sie ihr. Der Weg endete an der kleinen Kapelle, die zum Hospital gehörte. In einer dunklen Ecke hielt sie an und drehte sich zu Sofia um.

„Morgen in einer Woche kurz nach Mitternacht werde ich dich aus dem Spital rausholen. Hast du verstanden?"

„Nein, habe ich nicht. Warum wollen Sie mir helfen? Wie viele Tage bin ich eigentlich schon hier?"

„Fast vier Wochen, du warst ziemlich verwirrt, wie ich dir bereits erzählt habe."

Ebenso geräuschlos, wie sie gekommen war, ebenso leise huschte die Schwester über eine kleine Hintertür aus der Kapelle.

Sofia blieb wie angewurzelt in dem kalten, ungemütlichen Gemäuer stehen. Erst als die Kälte unangenehm von ihren Füßen in Richtung Knie wanderte, setzte sie sich in Bewegung und schlich zurück ins Hospital. Auf dem Weg dorthin quälten sie unzählige unbeantwortete Fragen.

Die letzten zwei Tage bis zu ihrer Flucht wollten kein Ende nehmen. Nie hätte sie geglaubt, dass Stunden, Minuten und Sekunden so lang sein konnten. Kurz nach Mitternacht schlich Sofia aus dem Krankensaal. Sie presste ihre Hände auf die Brust. Die Angst, man könnte ihren Herzschlag durch das gesamte Hospital hören, war groß. Festina wartete bereits auf sie. Gemeinsam schlichen sie sich aus dem Gebäude. Der Weg führte zu der kleinen Kapelle. An einer nicht einsehbaren Ecke hielt sie an. Die Schwester übergab ihr ein Bündel abgetragener Kleidung. Sofias Hände zitterten, als sie sich die Männerhose anzog und mit der beigelegten Kordel den Hosenbund um ihre Taille enger schnürte. Die karierte und robuste Jacke saß locker über ihren schmalen Schultern. Als sie die flache Kappe überstülpte, betastete sie die Veränderung ihres Äußeren. Noch immer sprachen sie kein Wort. Die Furcht, entdeckt zu werden, war groß. Festina beugte sich zu ihr herunter und gab das Zeichen, ihr im Schatten der spärlichen Beleuchtung der Klostermauern zu folgen. Sofia starrte auf das gigantische Tor, das sie wie ein verschlingendes Loch anzustarren schien. Ihre Begleiterin hielt an einer dunklen Ecke des Gebäudes an und signalisierte ihr, hier auf sie zu warten. Ohne ein Geräusch zu hinterlassen, verschwand Festina in der Dunkelheit. Sofia bewegte sich nicht. Das Rascheln der Bäume am Rande der Klostermauern ließ sie erstarren. Die Zeit schien stehen geblieben zu sein. Endlich sah sie den Schatten der Schwester. Diese nahm ihre Hand und zog sie mit sich. Lautlos huschten sie entlang des Innenhofes, vorbei an dem Mutterhaus. Als Sofia im Lichtschatten des Mondes auf die bedrohlich wirkenden Mauern des Klosters blickte, bildete sich ein Klumpen in ihrem Hals. Abrupt blieb sie stehen. Doch ihre Retterin umklammerte ihr Handgelenk und zog sie mit sich. Festina ließ sie erst los, nachdem sie den kleinen Nebeneingang zum Gemüsegarten des Klosters erreicht hatten. Geräuschlos schlichen sie durch das Tor hinaus auf die Straße außerhalb der dunklen Mauern. Als Festina glaubte, weit genug weg zu sein, hielt sie an und überreichte Sofia ein Lunchpaket und eine Flasche Wasser. Beschwörend blickte sie sie durch ihre dunkle Nickelbrille an und flüsterte:

„Egal was passiert, nenne nie meinen Namen, falls du erwischt werden solltest. Merke dir, holen sie dich zurück, bist du auf dieser Welt nicht mehr existent und für den Rest deines Lebens im Kloster eingesperrt!"

Sofia wollte etwas erwidern, ihr danken, doch ihre Retterin war bereits in der Dunkelheit verschwunden. Unschlüssig schaute sie sich um.

Wie sollte es jetzt weitergehen? War sie tatsächlich frei? Etwas ratlos blieb sie stehen und versuchte, sich zu orientieren. Sie hielt ihren Kopf gesenkt – das Lunchpaket hatte sie fest unter den Arm geklemmt –, als sie sich in Bewegung setzte.

Am Rande von Dublin blieb sie das erste Mal, seit sie aus dem Kloster entflohen war, stehen. Sofia sah skeptisch nach oben. Die tief hängenden Wolken schienen diese Stadt schier zu verschlingen. Der einsetzende Regen verwandelte die Straßen und Gassen in einen Morast. Sofia setzte unsicher einen Fuß vor den anderen. Aus dem Pub „Collins Bar", drüben auf der gegenüberliegenden Straßenseite, drang gedämpft der Song „Rose of Tralee" zu ihr herüber. Sofia bog in eine Seitengasse ein, als sie das Rotlichtviertel erkannte.

„Halt, stehen bleiben!"
Sofias Herz stolperte und ihr Nacken versteifte sich. Doch sie lief weiter, so als habe sie ihn nicht gehört.
„Hallo, junger Mann, halt!" Die Männerstimme klang rau und eindringlich.
„Lassen Sie mich in Ruhe, ich habe nichts getan!"
„Dreh dich zu mir um! Ich bin der Wachmann und Nachthüter dieses Straßenzuges. Was hat so ein junger Kerl wie du hier auf der Straße zu suchen?"
Sofia hielt ihren Kopf gesenkt. Nun war sie erleichtert, so gut wie keine Haare mehr auf dem Kopf zu haben und als Junge durchzugehen. Als Mädchen wäre sie längst von diesem Mann festgenommen worden. Mit diesem Gedanken drehte sie sich um.
„Ich glaube, ich bin falsch abgebogen, meine Geschwister suchen mich bestimmt schon. Ich habe meinem Vater ein Lunchpaket bringen wollen, habe ihn aber nicht gefunden." Demonstrativ hielt sie dem Wachmann das Lunchpaket unter die Nase.
„Wo wohnst du? Vielleicht kann ich dich ja begleiten."
„Bestimmt! Kennen Sie die Siedlung am Ende des Hafens?"
„Ja, kenne ich. Es ist mindestens zwei Stunden Fußmarsch bis dorthin. Ein Stück begleite ich dich, den Rest findest du sicher alleine."
Allmählich wich Sofias Unsicherheit. Eines war klar: Sie wurde noch nicht vermisst. Höflich bedankte sie sich bei dem Wachmann, der sie tatsächlich eine kurze Strecke begleitet hatte. Die restlichen knapp drei Kilometer lief Sofia an einer Wand von Häusern

entlang. Allmählich fühlte sie sich entkräftet. Ihre Kleidung war klamm geworden. Befreit atmete sie auf, als sie die Siedlung erkannte.

Wie ein Film lief die Entführung in das Kloster vor ihrem geistigen Auge ab, so als wäre es erst gestern gewesen. Mit einer raschen Handbewegung wischte sie diese unschönen Bilder zur Seite. Vor der Eingangstür des Wohnhauses blieb sie stehen und beobachtete die Straße, bevor sie ins Treppenhaus eintrat und an die Tür der Nachbarin klopfte. Sofia wusste, dass diese Frau nie richtig schlief. Und sie hatte recht. Es dauerte nur wenige Minuten und Frau O'Connor öffnete die Tür einen Spalt.

„Du? Komm rein, ich habe gehofft, dich noch einmal zu sehen."

Frau O'Connors Stimme klang besorgt, fand Sofia.

Auf Zehenspitzen betrat Sofia den kleinen Flur im Erdgeschoss. Mit einem dankbaren Kopfnicken nahm sie das Handtuch entgegen, das die Nachbarin ihr reichte.

„Komm, setz dich, Kleine, du bist ja völlig durchnässt! Fast könnte man dich für einen jungen Mann halten, wenn ich dich so anschaue. Nur dein hübsches Gesicht könnte dich verraten."

Sofia setzte sich auf den angebotenen Stuhl. Das Wasser tropfte aus ihren Hosenbeinen auf den Steinboden. Frau O'Connor holte einen Putzlappen und legte ihn vor ihren Stuhl.

„Danke für Ihre Freundlichkeit." Um Zeit zu gewinnen, packte Sofia das Lunchpaket aus, das sie unter ihrer Jacke getragen hatte.

„Bitte, nehmen Sie!" Sofia brach für sich selbst ein Stück Brot ab und kaute lange darauf herum. Sie blickte auf ihre Hände, dann zu ihrer Nachbarin und fragte diese direkt: „Wissen Sie, was aus meinen Schwestern und aus meiner Mutter geworden ist? Sind sie noch oben im Dach?"

„Nein, mein Kind. Sie sind beide fort.“ ... „Und deine Mutter ist nun bei unserem Herrgott.“

Ihre Nachbarin erzählte ihr, was sie wusste. Frau O'Connor schloss ihren Bericht mit den Worten:

„Es tut mir leid, Sofia, was dir und deiner Familie widerfahren ist.“

„Wissen Sie, wo meine Schwestern jetzt sind?“, hörte sie sich selbst fragen. Die Antwort darauf glaubte Sofia bereits zu kennen.

„Deine Schwester Dara hat mir das hier gegeben, bevor sie abgereist ist.“

Frau O'Connor reichte ihr ein gefaltetes Blatt. Sie nahm es, klappte es auseinander und las:

Liebe Sofia, es tut mir so leid, was Dir widerfahren ist. Falls Du die Möglichkeit hast, diese Zeilen zu lesen, gebe ich Dir hier die Adresse aus Belfast. Dort sind wir zu erreichen. Marie und ich werden jeden Abend eine Kerze ins Fenster stellen in der Hoffnung, dass Du uns irgendwann finden wirst. Bitte verzeih mir. Deine Schwester Dara

Sofia war der Appetit vergangen. Mit Bitterkeit auf der Zunge packte sie den Rest des Lunchpaketes zusammen. Sie wusste, dass sie es unterwegs auf dem Weg nach Belfast brauchen würde. Höflich bedankte sie sich bei Frau O'Connor. Als sie die Tür zum Treppenhaus erreichte, drehte sie sich noch einmal um.

„Eine Frage habe ich noch. Wissen Sie, ob dort oben wieder jemand wohnt?“

„Nein, ich habe keine fremden Personen dort hinaufgehen sehen.“

„Nochmals vielen Dank. Ich werde ins Dachgeschoss gehen und versuchen, ein bisschen zu schlafen. Der Weg, den ich ab morgen zu gehen habe, wird lang und schwierig werden. Verraten Sie mich nicht!"

„Wenn ich etwas Verdächtiges höre oder sehe, pfeife ich mit dieser Trillerpfeife." Stolz zeigte ihre Nachbarin auf die kleine Pfeife. Sofia fühlte sich erleichtert, eine Verbündete gefunden zu haben.

Leise stieg sie die Holztreppe nach oben. Mit einem flauen Gefühl im Magen öffnete sie die Dachluke und krabbelte hinein. Alles schien so geblieben zu sein, wie es verlassen worden war. Bewusst vermied sie den Blick auf das alte Sofa. Sofia steuerte auf die gegenüberliegende Liege zu und ließ sich auf die Matratze fallen. Tieftraurig stützte sie die Hände auf ihren Oberschenkeln ab. Tränen der Trauer und der Hilflosigkeit sammelten sich an ihrem Kinn. Mit einer Handbewegung wischte sie diese ab. Sie spürte, wie die Anspannung in ihrem Körper nachließ. Ihr Kopf und die immer schwerer werdenden Augenlider signalisierten ihr, dass es besser wäre, sich jetzt schlafen zu legen. Matt kippte sie auf die Seite und fiel in einen unruhigen Schlaf.

Ein winziger Sonnenstrahl kitzelte ihre Nase. Sofia schreckte hoch. Sofort erinnerte sie sich an das Gespräch mit ihrer Nachbarin. Sie erhob sich von der Liege, wusch sich das Gesicht mit dem Regenwasser aus der Schüssel, das nach wie vor von dem undichten Dach tropfte. Wie eine Diebin fühlte sie sich, als sie aus der Wohnung Seife, Kamm, Unterwäsche und zwei Handtücher in den alten Rucksack ihrer Schwester Dara packte. Schlagartig wurde Sofia bewusst, dass dies der letzte Besuch in diesem Haus sein würde, in dem sie ihre ganze Kindheit verbracht hatte.
Fast lautlos klopfte sie an Frau O'Connors Tür. Sie sprachen nur wenige Worte miteinander. Sofia umarmte sie, als ihr klar wurde,

dass sie die alte Frau nicht mehr lebend wiedersehen würde. Ohne sich noch einmal umzudrehen, rannte sie aus dem Haus und wischte sich mit dem Ärmel ihre Tränen weg. An der Ecke der Hauswand blieb sie stehen. Sie blickte die Straße hinunter und sah dorthin, wo sie den letzten Jutemüllsack geöffnet hatte. Für einen kurzen Moment tauchte das Bild ihrer kleinen Schwester Marie vor ihren Augen auf. Sie versuchte die aufkommenden Tränen zu unterdrücken.

„Ich muss los", murmelte sie und straffte ihre Schultern. Sie zog die Kappe tiefer in die Stirn und schnürte den Beutel mit dem restlichen Brot um ihre Hüfte. Entschlossen lief sie die vom Schlamm getränkte Straße hinunter. Sofia wusste, dass der Weg nach Belfast kein Honigschlecken sein würde. Aber sie war frei, und das zählte mehr als alle Anstrengungen, die sie noch zu erwarten hätte. Sie nahm sich vor, tagsüber zu laufen und spätabends getarnt als junger Mann Aushilfsjobs in Kneipen anzunehmen. Die Kleidung, die sie trug, würde ihr helfen, dieses Vorhaben durchzuführen.

Spät am Nachmittag erreichte sie den ersten Ort. Sie hatte immer noch den Geruch von Torf in der Nase und die kehlige Klangfarbe des Keltischen dieses Tagestrips im Ohr. Sofia blieb am Dorfrand stehen und beobachtete, wie eine Pommesverkäuferin einem Jungen auf offener Straße mit Schlägen drohte. Nach ihrer Auffassung hatte er sich zu reichlich am Essig bedient. Der Junge war krank, man hörte es am Pfeifen aus seiner Brust. Ein vorbeilaufender Mann, völlig verwahrlost, rettete den Jungen, indem er für ihn den Essig bezahlte. Torkelnd ging er weiter und der Junge rannte erschrocken weg. Die Wirtin lief schreiend an ihren Stand zurück. Kaum hatte die Frau den Stand erreicht, fing es heftig an zu regnen und zu stürmen. Die Straße leerte sich in

Sekundenschnelle, die Klappe des Pommeswagens fiel krachend in seine Scharniere. Sofia zog ihre Mütze tiefer in die Stirn und rannte los, als sie den einzigen Pup im Dorf erblickte. Sie brauchte Arbeit und eine Schlafstelle.

Entschlossen öffnete sie die Tür. Dieses Mal war das Glück auf ihrer Seite. An diesem Abend hatte der Gastwirt Musiker angeheuert. Sofia wurde eine Mahlzeit und ein Schlafplatz in der Scheune gestattet. Im Gegenzug sollte sie Guinness zapfen und die Männer bedienen. Frauen waren nicht zugelassen.

Auf ihrem weiteren Weg nach Belfast registrierte Sofia, dass fast alle Pubs gleich aussahen, ausgestattet mit dunkler Vertäfelung, abgesessenen Holzhockern und klebrigen Tischplatten. Jeden Abend kamen Fremde und Freunde zusammen, um bei einem Pint Geschichten zu erzählen oder Karten zu spielen.

In verschiedenen Dörfern und Städten, auf dem Weg nach Belfast, arbeitete sie an den späten Nachmittagen als Junge gekleidet in Pubs. Nachts schlief sie in Scheunen, Pferdeställen oder Holzverschlägen. An diesen Tagen schleppte sie Pints, spülte die Gläser und wischte die Holzböden. Wenn einer der Gäste sie näher zu betrachten versuchte, senkte sie ihren Kopf und zog die Schirmmütze tief in die Stirn.

Seit vier Wochen war sie nun unterwegs. Belfast schien zum Greifen nahe. Sofia hoffte, dass dies ihre letzte Arbeitsstelle sein würde. Es wurde anstrengend, Tische von der klebrigen Masse zu befreien und volle Pints schleppen zu müssen. Außerdem wollte sie spätestens in zwei Tagen Belfast erreicht haben.

Am Spätnachmittag betrat Sofia die Kneipe. Heute schien hier alles anders zu sein. Es herrschte reger Betrieb. Die Männer lachten, grölten und erzählten sich Gruselgeschichten. Es war ein

Livemusik-Abend. Dicht gedrängt standen die Tische und Stühle. An der Ecke zur Theke begleitete ein alter Mann mit grauem Bart und einem Dudelsack den Priester aus dem Ort, der mit dem Akkordeon spielte. Der Rest der Gäste grölte aus voller Brust nach dem Takt der Musiker. Für Sofia war es schier unmöglich, mit den schweren Gläsern an der dichten Menschenmasse vorbeizukommen. Am hintersten Tisch saßen die Männer so eng nebeneinander, dass sie Mühe hatte, sich hindurchzuzwängen. Die vollen Gläser hingen wie Blei an ihren Armen. Endlich konnte sie diese abstellen. Als sie die Pints verteilen wollte, griffen zwei Arme nach ihr und hielten sie fest. Sofia schaffte es gerade noch, das Glas auf der mit Brandlöchern übersäten Tischplatte abzustellen. Panisch trat sie einen Schritt zurück. Der Schreck saß tief in ihren Knochen. Erstarrt vor Angst, sie könnte entlarvt werden, stand sie vor den grölenden Männern. Einer von ihnen ergriff das Wort: „Donnerwetter, für einen irischen Jungen bist du verdammt hübsch, meint ihr nicht auch, Jungs?"

Sofia riss ihre Hand aus der seinen, drehte sich weg von ihm und lief geradewegs auf den Tresen zu. Keinesfalls wollte sie in den letzten Tagen ihrer sowieso schwierigen Reise entlarvt werden. Dies wäre zu einer Katastrophe für sie geworden, denn für Frauen und Mädchen waren Pubs tabu. Die Kerle, die sie hinter sich gelassen hatte, hörte sie noch immer laut grölen. Der misstrauische Blick des Kneipenwirts gab ihr den Rest. An diesem Abend spülte sie nur noch die Gläser hinter der Theke. Die Zeit bis zur Sperrstunde zog sich zäh wie ein Kaugummi dahin. Schließlich wurde die Kneipe geschlossen und sie konnte sich hinter das Haus in den Pferdestall zurückziehen. Es fiel Sofia schwer, in den Schlaf zu kommen. Zu groß war die Furcht, auf den letzten Meilen vor Belfast noch erkannt zu werden. Beklommen igelte sie sich ein. Ihr letzter Gedanke galt ihren Schwestern, die sie morgen treffen würde. Hoffentlich.

Belfast

Das muss die Villa sein! Sofia wusste nicht, ob das mulmige Gefühl in ihrer Bauchgegend oder die Freude in ihrem Herzen die Oberhand gewinnen würde. Rein physisch hätte sie diesen wahnsinnigen Trip nicht länger durchhalten können. Mit den letzten Kraftreserven schleppte sie sich zu dem Tor, das ihr wie ein offener Schlund entgegengaffte. Das schwarze Gittertor war verschlossen. Sie erblickte die Klingel seitlich an der Mauer. „Jehan", las sie auf dem Schild. Sofia drückte mehrmals hintereinander auf den Knopf. Unruhig trippelte sie auf ihren Füßen hin und her, während ihre Augen entlang der hohen Sträucher wanderten, die den Weg zum Haus säumten. Es schien niemand anwesend zu sein. Enttäuscht wandte sie ihren Blick ab. Auf halber Höhe zur Fabrikantenvilla beobachtete sie einen jungen Wolfshund. Auch er schien Sofia zu mustern.

Offenbar haben meine Schwestern im Gegensatz zu mir das große Los gezogen, murmelte sie. Ein abscheulicher Geschmack legte sich auf ihre Zunge, als sie an den nicht enden wollenden Marsch nach Belfast zurückdachte. Auf einmal war sie sich nicht mehr sicher, ob es richtig gewesen war, hierherzukommen. Wäre es nicht besser, umzukehren?

In diesem Augenblick sah sie ein junges Mädchen auf den Hund zu rennen. Sofia erkannte sofort die Stimme ihrer Schwester Marie: „Hier bist du also, Aces ... komm!"

Sofia fühlte sich plötzlich wie gelähmt. Sie war nicht in der Lage, den Arm zu heben, um ihrer kleinen Schwester zuzuwinken. Sie starrte auf Marie und Tränen der Erleichterung liefen über ihre Wangen. Erst als der Wolfshund bellend auf das Tor zugeschossen kam, löste sich ihre Starre. Sofia hörte, wie Marie mit Aces schimpfte. Aber Aces ließ sich nicht beruhigen und bellte weiter. Erst als Marie sich dem Eingang näherte, erkannte sie die Gestalt dahinter.

„Sofia?", rief sie und rannte wie der Blitz auf das Tor zu und öffnete es. Schluchzend stürmte sie ihrer Schwester entgegen.

„Ich habe jeden Tag für dich gebetet. Und nun ... nun bist du endlich gekommen!", flüsterte sie und zog Sofia mit sich. Kurz vor der Eingangstür löste sich Maries Hand aus der ihren. Wie der Blitz stürmte das Mädchen ins Haus und rief laut nach Dara. Sofia unterdessen blieb stehen. Sie war erschöpft, hungrig und das Bedürfnis, sich gründlich zu waschen, wurde übermächtig. Ihr Puls flatterte, als sie sich wartend auf die letzte Stufe vor der Eingangstür zur Villa setzte.

„Was machst du hier? Wir brauchen kein Gesindel! Such dir Arbeit und wasch dich! Du riechst streng", vernahm sie hinter sich eine robuste Frauenstimme. Bevor sie sich umdrehen konnte, hörte sie Dara erwidern: „Lass gut sein, es ist meine Schwester." Dara schob sich an der Bediensteten vorbei und half Sofia aufzustehen. Sofia registrierte sofort die Verwunderung in Daras Augen. „Oh mein Gott! Du bist es wirklich!", hörte sie ihre große Schwester ausrufen. „Komm, wir lassen dir ein Bad ein, und dann isst du etwas. Du siehst ja völlig verhungert aus!"

Sofia wollte antworten, aber es gelang ihr nicht. Sie fühlte sich vollkommen überwältigt von dem ganzen Drumherum in dieser Villa. Marie half ihr auf die Beine und Sofia schenkte ihr ein gequältes Lächeln. Während sie ihrer kleinen Schwester in die Nasszelle folgte, hörte sie im Hintergrund, wie Dara ihrer Bediensteten befahl, ein Gästezimmer herzurichten. Sofia trat ein und war erstaunt über den großen Holzzuber, der zum Schutz vor Splittern mit einem Tuch ausgelegt war. Zwei Bedienstete schleppten das Wasser vom Brunnen und erhitzten es über dem Feuer. Sofia stieg in den Zuber. Mit dem Duft von Lavendel, der ihre Sinne streichelte, schloss sie ihre Augen und genoss das Aroma in vollen Zügen. Marie wusch vorsichtig ihren ausgeheilten Rücken und war froh, dass Sofia ihre Tränen nicht sah.

Das Wasser war fast kalt, als Marie ihr aus der Wanne half. Sie gab ihr ein großes Handtuch, damit sie es um den Körper wickeln konnte. Dara kam mit frischer Kleidung unter dem Arm hinzu. Sofia zog die Unterwäsche an. Den Rock und die Bluse gab sie ihr zurück.

„Bitte Dara, nur Männersachen. Also eine Hose, ein Hemd, eine Jacke und eine flache Mütze wie diese hier." Beschämt zeigte Sofia auf die fleckige Kappe.

„Bist du sicher, dass du das willst? Hier in diesem Haus passiert dir nichts!"

„Trotzdem … und ... außerdem weiß ich nicht, wie lange ich hier versteckt bleiben kann. Die Männersachen helfen mir, unentdeckt zu bleiben. Zumindest so lange, bis meine Haare eine vernünftige Länge haben."

Dara gab sich geschlagen und ordnete an, das Gewünschte in Sofias Größe zu besorgen. Allmählich fühlte sich Sofia nach dem warmen Bad wieder wie ein Mensch. Als sie an dem gedeckten Tisch saß, fing ihr Magen an zu knurren. Erst jetzt wurde ihr bewusst, dass sie die letzten Tage sehr wenig gegessen hatte.

Langsam kaute sie auf dem frisch gebackenen Brot und genoss die warme Milch dazu.

„Endlich", rief Marie und sprang vom Stuhl, nahm Sofias Hand und zog sie weg vom Tisch – raus aus dem Esszimmer, direkt hinter das Haus und auf die Terrasse. Hier könnten sie sich ungestört unterhalten. Dara wartete bereits auf die beiden.

„Was wird dein Mann dazu sagen, dass ich hier bin?" Sofia sah sie fragend an.

„Das lass meine Sorge sein. Er ist unterwegs, um für neue Aufträge zu sorgen. Wie ich gehört habe, läuft es nicht mehr so gut mit der Fabrik. Du weißt ja, Männer reden nicht mit ihren Frauen über Geschäfte."

Hörte Sofia Verbitterung in Daras Stimme?

„Du bist wie dein Mann zu den Protestanten übergelaufen. Also müsste es euch gut gehen. Euch ist alles erlaubt, ihr könnt studieren, euch selbstständig machen und vieles mehr. Diese Stadt ist voller Leben und florierender Geschäfte. Nicht so wie bei uns derzeit im Osten, wo Armut herrscht. Aber das gehört nicht hierhin. Danke, dass ich vorerst hierbleiben darf."

Für einen kurzen Augenblick lag eine knisternde Spannung in der Luft. Sofia sah sie mit einem entschuldigenden Blick an, die Worte waren ihr so herausgerutscht. Daras Lippen waren zusammengekniffen. Erst jetzt fiel Sofia auf, dass sie noch molliger geworden war. Nur an ihren struppigen Haaren hatte sich nichts verändert. Ihre Mundwinkel hingen nach unten, so, als sei sie unzufrieden. Und ihre Gehbehinderung schien noch schlimmer geworden zu sein. Spontan fragte sie Dara: „Behandelt dein Mann dich und Marie gut?"

„Ja, die Kleine schon, er hat sie ins Herz geschlossen."

„Dich nicht?", wollte Sofia wissen.

„Na ja, ich bin die ideale Ersatzmutter für meinen Mann. Eine die für ihn kocht und ihm die Hemden bügelt, damit er sich anschließend im Pub mit seinen Freunden zum Kartenspielen treffen kann. Diese Aufgabe ist nur mir zu gedacht. Aber ich will mich nicht beklagen! Immerhin leben wir nicht in Armut und auf der Straße, dank des Deals unserer Mutter."

„Ja, ich weiß ... und dafür hat sie mich geopfert und durch die Hölle geschickt." Sofia konnte die Bärbeißigkeit in ihrer Stimme nicht verbergen. Dara ignorierte ihre letzten Worte. Stattdessen erwiderte sie: „Jetzt schlaf dich erst einmal aus. Morgen ist ein neuer Tag und dann reden wir, wie es weitergeht."

Sofia erhob sich und ihre beiden Schwestern geleiteten sie in das zurechtgemachte Gästezimmer. Dara schob Marie aus dem Zimmer und schloss die Tür hinter ihnen. Sofort sank Sofia in die Kissen. Der letzte Gedanke galt Dara, bevor sich ihre Lider schlossen.

Dara hingegen beschlich an diesem Abend ein ungutes Gefühl. Sie wusste nicht, wie sie es ihrem Mann erklären sollte, dass Sofia hier bei ihnen eingetroffen war. Noch hatte sie einige Tage Zeit, sich etwas Plausibles einfallen zu lassen. Mit diesen Gedanken fiel auch sie in einen unruhigen Schlaf.

Sofia fühlte sich mit jedem Tag besser. Sehr schnell erholte sie sich von den Strapazen der Straße. Es war Balsam für ihre Seele, in den frühen Morgenstunden mit Aces und Marie über die weiten Feldwege zu wandern. Gerade kamen sie, wie so oft in den letzten Tagen, von einem langen Spaziergang zurück. Dara humpelte mit hochrotem Kopf auf sie zu. Sie war ganz außer Atem, als sie vor Marie und ihr stehen blieb. Sie hielt ihre Hände vor die Brust und ihre Augenlider blinzelten nervös. Ihre Stimme klang hektisch.

„Brodie ist zurück."

„Na, dann lasst uns ihn begrüßen, kommt", erwiderte Sofia spontan und ging voran. Marie jedoch ließ sich die letzten Meter regelrecht von ihr ziehen. Sofia hielt an und stellte sich vor ihre kleine Schwester.

„Was ist Marie, hast du Angst vor ihm?"

„Nein, das ist es nicht. Ich … ich fühle mich nur nicht wohl in seiner Nähe. Aber ich bin ja den größten Teil des Tages in der Schule."

„Na gut, wir werden sehen, wie es weitergeht", erwiderte Sofia.

„Lass dich nicht vertreiben, hörst du! Es ist Platz für uns alle hier. Vielleicht kannst du eine Bedienstete ersetzen! Ich will nicht, dass du wieder gehst!" Maries Stimme klang weinerlich. Sofia wunderte sich über Maries Verhalten. Je näher sie der Villa kamen, umso nervöser wurde auch sie. Aces wich nicht von Maries Seite. Sofia sah, wie ihnen ein großer, kräftiger Mann entgegenkam. Er hielt erst an, als sich ihre Fußspitzen berührten. Dann beugte er sich zu ihr herunter und reichte ihr die Hand zur Begrüßung. Sofia hob ihr Kinn und sah vor sich in ein Gesicht mit vorgewölbter Stirn und tief liegenden Augen.

„Du bist also Sofia. Du bist noch schöner, als man es mir geschildert hat. Sicherlich hätte ich dich zur Frau genommen und deine Schwester ins Kloster geschickt. Deine Mutter wusste, warum sie dich vor mir versteckt hat. Hahaha", lachte er, als habe er einen Witz gemacht. Es ging Sofia durch Mark und Bein und ihr schoss die Röte ins Gesicht. Sie ärgerte sich darüber. Dara hingegen drehte sich auf dem Absatz um und humpelte zurück ins Haus. Zorn stieg in Sofia auf und sie hob ihren Blick. „Wie kannst du nur so reden? Du hast eine sehr junge Frau, darüber solltest du glücklich sein!"

Brodies Wangenknochen bewegten sich hin und her. Schon bereute sie das Gesagte. Als sie sich entschuldigen wollte, sah sie in zwei Augen, die kalt wie Stahl waren. Sofia spürte deutlich, dass sie sich vor ihm in Acht nehmen musste. Sie schluckte die Worte, die sie ihm noch an den Kopf hatte werfen wollte, hinunter. Schließlich war sie hier nur Gast und es stand ihr nicht zu, ihn zu kritisieren. Er war es, der den Rest ihrer Familie vor der Gosse bewahrte und ihnen ein angenehmes Leben ermöglichte. Wortlos drehte sich weg von ihm, schritt auf Marie zu, nahm sie an der Hand und zog sie mit sich fort.

Marie flüsterte: „Diesen Menschen kann man nicht mögen." „Sei still! Er ist derjenige, der euch dieses Leben ermöglicht und der für euch sorgt. Halte dich fern von ihm. Wenn du alt genug bist und die Schule abgeschlossen hast, kannst du gehen, wohin du willst. Aber solange musst du dich gedulden und auf deine Schwester Dara achtgeben. Sie scheint sehr unglücklich zu sein." „Ja, ich höre sie nachts oft weinen", bestätigte Marie traurig.

Sofia fühlte sich mit jedem Tag, den sie in dieser Villa verbrachte, unsicherer. Mit jeder Stunde wurde ihr bewusster, dass sie nicht hierbleiben konnte. Sie war Katholikin und ohne Rechte hier in Belfast, zumindest in diesem Viertel und den Straßen rund um diese Villa. Es beunruhigte sie, nicht darüber im Bilde zu sein, ob die Bediensteten von ihrer Flucht aus dem Kloster wussten. Wenn Marie zur Schule ging, suchte Sofia Daras Nähe und half ihr im Haushalt. Doch Dara distanzierte sich mit jedem Tag mehr von ihr. Sofia litt sehr darunter. Von der Hausbelegschaft wurde sie gemieden wie die Pest. Dennoch glaubte sie, unter Beobachtung zu stehen.

Sofia musste weg von hier. Außerdem hasste sie die unendlich langen Nächte, in der sie vor lauter Grübeln nicht einschlafen konnte. So schlug sie auch an diesem späten Abend die Bettdecke zurück und schlüpfte aus dem Bett. Sie griff nach ihrer langen Strickjacke, zog sie sich über und öffnete die Zimmertür. Ihre Kehle war trocken, sie brauchte dringend ein Glas Wasser. Als sie hinausgehen wollte, zuckte sie unwillkürlich. Instinktiv trat sie einen Schritt zurück und fragte: „He, was hast du hier zu suchen? Bitte geh zur Seite."

Ihr Schwager starrte sie an und blieb im Türrahmen stehen. Es folgte ein kurzes Stocken und ein Kräftemessen mit den Augen. Sekunden später flog seine Faust auf sie zu. Es war ihr unmöglich, in eine Abwehrhaltung zu gehen. Es klatschte, ihr Kopf flog nach hinten und die rechte Gesichtshälfte brannte wie Feuer. Sofia stolperte zurück ins Zimmer, direkt auf das Bett zu. Der Mann schloss die Tür hinter sich. Breit grinsend ging er auf Sofia zu. Seine Augen starrten sie an, als er wortlos ihre Schultern auf das Kissen drückte. Er beugte sich über sie. Sein Atem roch nach Whiskey. Angeekelt drehte sie ihren Kopf weg. Er legte seine Pranke auf ihr Kinn und zwang sie, ihn anzusehen. Sie wusste, dass sie jetzt sehr überlegt handeln musste. Sie konnte sich jetzt keinerlei Unachtsamkeit leisten.

Er berührte mit seinem Mund ihr Ohr und sie hörte ihn flüstern: „Na, wie fühlt es sich an, Freiwild zu sein? Wenn du nicht deinem katholischen Gott gehörst, gehörst du mir! Schließlich war ich derjenige, der Dara und deine Schwester aus der Gosse geholt hat. Außerdem hat mich eure Mutter hinters Licht geführt. Sie hat deine Schönheit verschwiegen. Niemals hätte ich dich ins Kloster geschickt. Eher deine verkrüppelte Schwester."

Sofia versuchte sich aus seinen Klauen zu befreien. Dabei traten ihre Füße wie von selbst gegen seinen Bauch und ihre geballten Fäuste trommelten gegen seine Brust. Voller Panik drehte sie ihren Kopf in eine andere Richtung, um ihr Ohr von seinem ekligen Mund wegzubekommen. Mehr konnte sie im Augenblick nicht tun. Er war viel stärker als sie und ihre Kräfte ließen merklich nach. Doch hinter ihrer Stirn wirbelten die Gedanken und Fragen wild durcheinander.

Wie sollte sie sich verhalten? Schreien oder versuchen, ihn auf die Seite zu drücken? Sie wusste keine Antwort darauf. Apathisch blieb sie auf ihrem Kissen liegen. Nur ihre Nasenflügel zogen sich zusammen. Die Whiskeyfahne, die sie ständig streifte, ließ sie würgen. Nichtdestotrotz geisterten unzählige Gedanken durch ihren Kopf! *Wie könnte sie sich von diesem verrückten Protestanten befreien? Aber er hatte recht, es stimmte! Hier unter den Protestanten war sie Freiwild. Ihr gehörte nichts. Nicht einmal die Kleider, die sie am Körper trug.*

Bei dieser brutalen Erkenntnis zuckte sie zusammen, so als habe sie eine zweite Ohrfeige bekommen. Brodie lachte bösartig, als er wieder und wieder ihre Schultern auf das Kissen drückte. Dann nahm er die Hände von ihren Schultern, packte ihr Kinn und drückte es zusammen und schob es zur Seite. Ein eiskalter Schauer lief Sofia über den Rücken, als er abermals flüsterte: „Wenn du nicht zurück ins Kloster gehst, schicke ich dich anschaffen. Wenn ich dich schon nicht haben kann, dann soll dich auch kein anderer bekommen. Eher wirst du mit deinem marklosen Körper eine Edelnutte. Meine Baumwollfabrik läuft nicht mehr so gut. Also werde ich dich an Geschäftsleute vermieten! Die Männer werden sich um dich reißen! So kannst du wenigstens zu deinem Lebensunterhalt und zu dem deiner Schwestern beisteuern. Bis jetzt zahle ich allein das Schulgeld und sorge für ihr Wohlergehen."

Sofia versuchte den Kloß, der in ihrer Kehle festzustecken schien, herunterzuschlucken. Sie öffnete ihre Lippen zu einem Schrei, der Kerl legte jedoch blitzschnell seine Hand auf ihren Mund. Sofia nahm all ihre Kraft zusammen und biss in seine Hand, die fürchterlich nach Tabak stank. Brodie fluchte und nahm seine Hand von ihren Lippen weg. Sofia schrie nach ihren Schwestern. Es schien eine Ewigkeit zu vergehen, bis endlich die Zimmertür aufgerissen wurde. Sofia hörte ihren eigenen Herzschlag überdimensional laut, als Dara im Türrahmen stand. In der Hand hielt sie ein dickes Holzscheit. Wutentbrannt schrie sie: „Raus hier, sofort!" Dara war leichenblass, als sie ihren Mann aus der Tür drängte.

„Du musst weg von hier! Er bringt es fertig und verkuppelt dich an seine Geschäftsleute. Ich weiß, wie unberechenbar er sein kann."

„Es tut mir so leid, Dara, jetzt musst du deinen Kopf für mich hinhalten."

„Mir macht er nichts. Er fasst mich nicht einmal an. Er ekelt sich vor mir. Ich hatte dir doch vor Tagen schon gesagt, dass er lediglich eine Ersatzmama brauchte. Und um Marie mach dir keine Sorgen. Mein Mann mag sie. Aber du, du kannst hier nicht bleiben. Wenn er die Villa verlässt, wirst du gehen. Ich weiß, dass er in den nächsten Tagen wichtige Termine mit Geschäftsleuten hat, die er nicht versäumen darf. Ich werde dafür sorgen, dass ein guter Freund von mir dich wegbringen wird, zurück ins Kloster. Du hast keine andere Wahl! Hier darfst du nicht bleiben. Für den Moment rate ich dir, deine Tür abzuschließen. Erst wenn ich dreimal lang und einmal kurz klopfe, öffnest du sie wieder. Hast du das verstanden?"

Daras Stimme vibrierte, das war nicht zu überhören.

„Das meinst du nicht wirklich, oder? Du kannst nicht wollen, dass ich das Gleiche noch einmal durchlebe! Und es würde diesmal sogar noch schlimmer werden. Schließlich bin ich geflüchtet. Ich habe mir geschworen, nie wieder hinter Mauern zu leben. Kannst du dir überhaupt vorstellen, wie es ist, wenn das eigene Leben von anderen bestimmt wird? Immer das tun zu müssen, was die anderen wollen?" Sofias Stimme überschlug sich. Sie schnappte nach Luft und starrte Dara mit weit aufgerissenen Augen an, die wie eine wachsweiße Marionette vor ihr stand. Sofia glaubte, die plötzliche Stille, die eingetreten war, buchstäblich greifen zu können.

„Du gibst *mir* die Schuld an dem, was soeben passiert ist, Dara?! Glaubst du im Ernst, dass ich ihn provoziert habe?!" Sofia ging einen Schritt auf Dara zu, um ihre Hand zu ergreifen. Doch diese schob sie von sich weg und griff stattdessen in die Tasche ihres Morgenmantels. Sie holte etwas heraus. Dara streckte ihre Hand aus, öffnete sie und reichte ihr das Medaillon der gemeinsamen Mutter. Ihre Stimme klang unendlich traurig, sodass es Sofia einen Stich ins Herz versetzte.

„Hier, nimm. Es ist das Medaillon unserer Mutter. Mach es zu Geld, du weißt, dass dieses Schmuckstück aus echtem Gold ist. Damit kommst du ein Stück weiter."

„Aber Dara, niemand nimmt mich für Geld auf. Als Frau bekomme ich keine Unterkunft, nirgendwo! Glaub mir, ich spreche aus Erfahrung. Was denkst du, wie ich hierhergekommen bin? Verstecken musste ich mich jeden Tag. In Schafställen habe ich übernachten müssen. Und wenn ich als junger Bursche in den von Zigarren- und Zigarettenrauch und Whiskeydunst verpesteten

Kneipen die Gläser spülen musste, kam mir die Galle hoch. Karten haben die Herren gespielt und im Suff haben sie über die Frauen hergezogen. Und du glaubst tatsächlich, dass ich dieses Medaillon hier zu Geld machen kann?!"

„Dann bleib eben ein junger Mann, die Kleidung trägst du ja schon. Und deine Haare sind noch kurz genug. Halt dein hübsches Gesicht immer Richtung Boden gesenkt, dann passiert dir nichts. Vielleicht fällt mir in den nächsten Tagen ein, wohin ich dich auf Reisen schicken kann ... Und wenn es dich beruhigt, ich kann auch nicht tun und lassen, was ich will. Mutter hat unser Schicksal bestimmt. Also jammere nicht. Trag dein Päckchen, wie ich es auch tragen muss. Nur so können wir vielleicht Marie zu etwas Besserem verhelfen."

Sofia schluckte. Daras Worte klangen kalt, ohne jegliche Gemütsbewegung. Trotzdem ... so einfach wollte Sofia nicht aufgeben, obwohl sie wusste, dass Dara im Grunde genommen recht hatte. Auch sie durfte keinen eigenen Willen haben. Nachdenklich sah sie ihre Schwester an.

„Dieses Medaillon hat unserer Mutter gehört und als gute Katholikin verkauft man es nicht. Aber ich nehme es an mich und trage es nahe am Herzen. Vielleicht hält unsere Mutter eine schützende Hand über mich!"

Sofia wusste, dass diese Worte wie Hohn klingen mussten. Dara ignorierte das Gesagte und erhob sich von ihrem Bett.

„Es tut mir leid, Sofia. Trotzdem kannst du nicht hierbleiben. Ich werde versuchen, dich bei einer Familie als Haushälterin unterzubringen. Wenn das nicht gelingt, werde ich dich in ein Kloster schicken müssen. Vielleicht nimmt dich die Abtei in Galway auf. Solange dieser Mann im Haus ist, werden wir dir das Essen auf dein Zimmer bringen. Wenn du dich baden willst oder auf die Toilette gehen musst, werde ich oder eine Bedienstete meines Vertrauens bei dir sein. Am Nachmittag nach der Schule schicke ich Marie zu dir. Mehr kann ich nicht für dich tun. Und ... denke daran, dass dies alles hier nur zu deinem eigenen Schutz dient."

Nach diesem Gespräch sank die Stimmung im Haus auf den Gefrierpunkt. Dara ging Sofia aus dem Weg. Sofia hatte keine Chance, sich ihr zu nähern. Nur Marie kümmerte die Laune ihrer Schwester Dara nicht. Jede freie Minute verbrachte sie mit Sofia.

Eine Woche nach diesem grässlichen Vorfall verließ Brodie am frühen Morgen die Villa, um seine Geschäftsreise anzutreten. Dara schaute der abfahrenden Droschke nach, genauso wie Sofia vom Fenster ihres Zimmers aus. Kaum dass der Wagen hinter dem Eingangstor verschwunden war, hörte sie Dara die Treppe heraufkommen. Als diese die Tür öffnete, erschrak sie. Die Augen ihrer Schwester waren ohne Glanz, ihr äußeres Erscheinungsbild schmuddelig. Offenbar legte sie keinen Wert mehr auf ihr Äußeres. Sie hörte Dara sagen: „Komm, wir gehen nach unten. Dort packe ich dir das Lunchpaket für die Reise, die du noch heute antreten wirst."

Sofia schwieg und sah zu, wie sie mit flinken Händen ein Lunchpaket zurechtmachte und ein paar frische Männersachen einpackte. Als Dara alles zu einem Bündel schnürte, erhellte sich ihr Gesicht. Sofias Herz blutete und am liebsten hätte sie ihre Schwester geschüttelt. Aber sie war zu sehr damit beschäftigt, die aufsteigenden Tränen zu unterdrücken. Dara ging mit dem gepackten Rucksack auf Sofia zu, um sie ein letztes Mal zu umarmen. Sofia sah sie entsetzt an und wich instinktiv einen Schritt zur Seite. Keinesfalls wollte sie in dieser Situation von ihrer

Schwester umarmt werden. Es käme ihr vor wie Verrat. Dara ließ ihre Arme sinken. Ihre Stimme klang tonlos, als sie sagte: „Draußen wartet eine Kutsche auf dich. Vertrau Quinn, er ist mir ein guter Freund geworden. Er bringt seine Tochter und seine Mutter zu Verwandten nach Galway. Dich wird er in ein kleines abgelegenes Kloster in der Nähe von Galway abliefern. Dort bist du vorerst sicher. Die Klosterleitung ist bereits informiert. In einem Brief habe ich deine Lage erklärt. Du wirst erwartet.“

„Aber ich will nicht ins Kloster! Das kann nicht dein Ernst sein, Dara! Was verlangst du da von mir?“ Sofia konnte ein Schluchzen nicht unterdrücken, als Dara sie aus dem herrschaftlichen Tor schob. Marie huschte mit einem geschnürten Bündel ebenfalls hindurch. Sie stellte sich vor ihre älteste Schwester hin. Ihre dünnen Ärmchen hatte sie in die Hüften gestemmt. „Ich bleibe nicht hier. Ich lasse Sofia nicht noch einmal im Stich!“

Dara war aufgebracht und ihre Stimme erbebte, als sie erwiderte: „Marie, komm her, du kannst nicht mit! Es fällt auf, wenn du weg bist! Außerdem bist du erst zehn Jahre alt. Ich darf dich gar nicht allein fahren lassen.“

Jetzt ergriff Quinn, der Kutscher, das Wort: „Dara, ich bring die Kleine wieder mit zurück. Versprochen! So hat meine Tochter ein wenig Unterhaltung.“ Während er sprach, verstaute er gekonnt die Utensilien in den Kasten hinter der Kutsche. Mit einer Handbewegung signalisierte er, dass die Schwestern einsteigen sollten. Dara fuchtelte jedoch wütend mit ihren Händen in der Luft herum und schimpfte, während sie Marie wieder aus der Kutsche zerrte. Keinesfalls durfte sie zulassen, dass die kleine Schwester Gefahren ausgesetzt würde. Marie schrie und schupste Dara von sich weg. Mit aller Kraft klammerte sie sich an Sofia. Diese versuchte sie zu beruhigen.

„Marie, wir sehen uns wieder, versprochen. Bitte geh und mach es Dara nicht so schwer. Pass auf sie auf, bis ich wieder bei euch bin. Ich gebe nicht auf." Kaum hatte sie den Satz zu Ende gesprochen, zog Dara die Kleine aus der Kutsche heraus. Unmittelbar setzte sich das Gefährt in Bewegung. Sofia knirschte mit den Zähnen und wischte die Tränen, die sich an ihrem Kinn gesammelt hatten, mit ihrem Tuch ab.

„Hallo, ich bin Cera, und wer bist du?"
Sofia hob den Kopf und sah in das Gesicht eines jungen Mädchens. Sie schätzte es auf acht Jahre. Sofia fühlte sich nicht in der Lage zu antworten. Wortlos setzte sie sich ihm gegenüber und griff an das Medaillon, das sie am Hals trug. Sie küsste es und hielt mit geschlossenen Augen ein Zwiegespräch mit ihrer Mutter.

„Mama, bitte ... halte die Hände schützend über uns, egal wo du gerade bist. Dein oder unser Gott hat uns längst verlassen. Du hast Opfer gebracht und bist im Himmel. Verlass uns nicht! Verlass mich nicht!"

Cera unterdessen plapperte unaufhörlich. Sofia hörte jedoch nicht zu. Viel zu sehr war sie mit sich und ihrer unsicheren Zukunft beschäftigt. Was sollte sie nur tun? Keinesfalls wollte sie in ein Kloster. Zu düster waren ihre Erinnerungen daran. Sofia erwog, in einer der kommenden Nächte in der Dunkelheit zu verschwinden. Doch dann fielen ihr die Schauergeschichten ein, die Dara früher erzählt hatte. Von einem wilden Geisterheer, das durch die nächtlichen Straßen jagte und alles mit sich riss, was sich ihm in den Weg stellte, war die Rede. Also verwarf sie den Gedanken wieder, nachts zu verschwinden.

Die kleine Cera hatte sich zwischenzeitlich an ihre Oma gekuschelt und war eingeschlafen. Im Augenblick konnte Sofia nichts tun. Also schloss auch sie die Augen, während sie fieberhaft nach irgendeinem Ausweg suchte ...

Der Weg ins Ungewisse

Sofia hatte aufgehört, die Stunden zu zählen, seitdem sie Belfast verlassen hatten. Belfast, Dunmurry, Lisburn ... diese Städte hatte sie inzwischen hinter sich gelassen. Auf den holprigen Straßen zum nächsten Ziel besah sich Sofia die alten Häuser, die links und rechts aus Stein gebaut im Dämmerlicht wie Teile alter Burgen wirkten. Ausladende Büsche und Sträucher ließen den Weg nun zu einem schmalen Pfad werden. Für den Kutscher stellte es sich als äußerst mühsam heraus, im felsigen Gestein einen Übernachtungsplatz zu finden. Seit mehreren Stunden hielten sie an diesem Abend Ausschau nach einem passenden Stück Wald oder Wiese. Alle Insassen, einschließlich sie selbst, fühlten sich ausgelaugt. Die Kutsche hielt, als Quinn einen geeigneten Schlafplatz gefunden hatte. Trotz ihrer jungen Jahre fühlten sich ihre Knochen steif an, als sie endlich ausstiegen. Cera hüpfte von einem Bein auf das andere und trällerte ein Lied, das Sofia nicht kannte. Plötzlich blieb die Kleine stehen, sah ängstlich ihre Oma an und flüsterte: „Hör doch ... da", sie zeigte mit dem Finger auf die gegenüberliegende Seite des kleinen Flusses. „Hörst du nicht, wie die Äste sich dahinten unruhig hin und her bewegen?"

Aber Ceras Oma war damit beschäftigt, auf dem kargen Boden den Schlafplatz für die Nacht vorzubereiten. Sie brummelte nur: „Ach Kind, was soll da schon sein? Wahrscheinlich haben sich ein paar Schafe verirrt."

Sofia, die das Gespräch verfolgte, war klar, dass diese Worte die Kleine nicht beruhigen würden. Entschlossen ging sie auf das Mädchen zu und strich ihm über das Haar. „Was hörst du? Sind deine Ohren wirklich so gut? Egal wie sehr ich mich anstrenge, ich höre nichts!"

Sofia bemerkte, dass Ceras feines Gesicht noch blasser war als sonst. Außerdem ging ihr Atem rasch und flach ... wie nach einer Verfolgungsjagd. Sofia ließ sich von der Unruhe dieses Mädchens anstecken. Nervös geworden, drückte sie ihre Mütze tief ins Gesicht. Sie lauschte und blickte angestrengt auf die andere Seite des Flusses. Doch sie konnte weder etwas Ungewöhnliches sehen noch irgend etwas hören. Vielleicht lag es daran, dass es zu laut um sie herum war. Die Pferde, welche die Kutsche zogen, stampften ungeduldig und wollten getränkt und gefüttert werden. Quinn rannte hin und her. Er gab sich alle Mühe, die Tiere zügig zu versorgen. Sofia drehte sich zu der Kleinen um.

„Lass es gut sein, sicherlich bist du übermüdet. Hilfst du mir, eine Suppe zu kochen?" Bestimmt würde sie das ablenken. Sofia packte das Kochgeschirr aus, entfachte ein Lagerfeuer und holte die verstauten Lebensmittel aus der Kiste. Die Kleine allerdings rührte sich nicht von der Stelle. Weiterhin blickte sie starr in die Richtung, wo sie die Geräusche vermutete. „Hört ihr das nicht? Es wird immer lauter. Es ist wie ein Schreien und ein Hämmern ...", schrie die Kleine plötzlich.

Quinn ließ den gesäuberten Huf eines seiner Pferde los, horchte, schnellte aus der Hocke und brüllte erschrocken: „Das Kind hat recht, da donnern Pferde oder was immer das sein mag, auf uns zu! Alle unter den Wagen – schnell!"

Die Oma schob ihre Enkelin unter den Wagen und riss Sofia das Kochgeschirr aus den Händen. Die alte Dame wimmerte: „Oh Gott, oh Gott, so hilf uns!"

Wie vom Donner gerührt blieb Sofia stehen und konnte nicht glauben, was sie erblickte. Vier Männer, vollkommen in Grün gekleidet, mit einem grünen Tuch vor Mund und Nase, sprangen aus dem fahrenden Holzkarren, der von einer Plane bedeckt war. Der alte Kutscher zog vor Schreck die Zügel so heftig an, dass die Pferde schnauften und mit ihren Hufen entlang des steinigen Bodens kratzten. Sofias Bauchgefühl sagte ihr unmissverständlich, dass es besser wäre wegzulaufen. Doch ihre Beine schienen im Boden verwurzelt zu sein. Einer der Männer bewegte sich geradewegs auf sie zu und rempelte sie an. Der zweite Kerl hielt erst an, als er fast ihr Gesicht berührte. Ein widerlicher Geruch streifte ihre Nase. Ohne ein Wort zu sagen, drehte Sofia sich um und wollte einen Schritt in Richtung der Kutsche gehen. Doch ein stechender Schmerz stoppte ihr Vorhaben. Einer der Kerle hatte ihr so heftig in die Kniekehlen getreten, dass sie zu Boden fiel. Sofort wurde sie von zwei kräftigen Armen wieder in den Stand gebracht. Anschließend zerrte der Kerl sie von den anderen weg. Sofia schrie: „Warum hilft mir niemand? Quinn, was ist los? So helfen Sie mir doch!"

Niemand schien sich für ihren Hilferuf zu interessieren. Die Oma hatte sich schützend vor die Kutsche gestellt um das kleine Mädchen, das bewegungslos unter der Kutsche lag zu beschützen. Quinn hielt krampfhaft die Zügel seiner Pferde fest und starrte die Männer an. Sofia wurde schlagartig klar, dass sie sich allein aus den Klauen dieser Männer befreien musste. Entsetzt trat sie mit ihren Füßen nach ihnen und versuchte sich loszureißen. Als eine Hand ihr den Mund zuhalten wollte, stieß sie mit Wucht ihre Zähne

in das Fleisch seines Handrückens. Sofia hörte, wie der Betroffene schimpfte: „Das Weib hat mich gebissen!"
Sofia riss sich los und wollte weg von diesen Monstern. Doch sie war zu langsam. Kräftige Arme umklammerten von hinten ihre Schultern. Beschwörend sah sie zu Quinn und den anderen, die wie versteinert vor der eigenen Kutsche standen. Sozusagen abfahrbereit.

„So helft mir doch!" Sofias Augen ruhten flehend auf dem Kutscher. Quinn rührte sich nicht; genauso wenig wie die alte Dame. Ein anderer Bursche, der Kleinste von den Männern, gesellte sich zu ihnen. Sein Tuch war ihm von Mund und Nase gerutscht. Ein seltsam geformtes Gesicht sah Sofia an. Sein extrem gebogenes Nasenbein stach hervor. Sein rötliches Haar hatte er straff aus der Stirn gekämmt. Und ... in seinen Augen war ein wahnsinniger Glanz zu sehen, vermischt mit gieriger Mordlust. Er schien wie ein Geier auf seine Beute zu warten. In diesem Augenblick riss er ihr die Kette mit dem Medaillon vom Hals. Aus einem Reflex heraus versuchte sie das Schmuckstück zu halten. Es gelang ihr nicht! Hilflos musste sie mit ansehen, wie dieser Bursche das Medaillon in seiner Hosentasche verschwinden ließ. Sofia schnappte nach Luft, wollte auf die Männer einschlagen, sich einfach nur wehren. Aber ehe sie etwas tun konnte, stülpte einer der Kerle ihr einen Sack über den Kopf. Sofia zerrte an deren Armen, versuchte sich loszureißen, doch die Männer waren stärker. Der Sack stank nach Unrat. Sofia musste sich übergeben. Sie hörte, wie einer der Männer schimpfte. Dann legte sich plötzlich eine Kordel um ihren Hals und einer der Männer zog ihn zu. Sofia hörte Cera schreien: „Lasst sie los, ihr Ungeheuer!"

Die Männer lachten und einer von ihnen polterte: „Steig in die Droschke, oder willst du, dass wir dich auch in einen Sack stecken?"

„Cera, steig in den Wagen!", vernahm sie Quinns Stimme.

Ihre Kleidung klebte an ihrem Körper, das Blut in ihren Schläfen pochte überdimensional laut. Ihre Hände konnten kaum die Kordel greifen, um sie von ihrem Kehlkopf zu lösen. Kurz bevor sie ihren Hals erreichte, griffen erneut zwei Pranken nach ihr. Sofias Kopf wurde ohne jegliche Warnung nach hinten geschleudert. Sie taumelte und musste sich ein weiteres Mal übergeben. Es stank erbärmlich von ihrem Erbrochenen, das sich an ihrem Kinn unter dem Sack sammelte. Ihre Schläfen schienen zu explodieren, die Beine wollten ihr den Dienst versagen. Ihr Atem ging viel zu schnell und ihr Mund trocknete aus. Ihre Augen brannten von dem beißenden Gestank. Dicht an ihr Ohr gepresst, atmete einer der Männer schwer. Ein anderer ergriff das Wort: „He du, pack deine Leute in die Karre und hau ab, bevor wir es uns anders überlegen. Oder wollt ihr, dass wir euch hier verrecken lassen?"

Sofia versuchte die Schweißperlen, die auf ihrer Stirn brannten, mit der Zungenspitze aufzufangen, als ihr die bange Frage durch den Kopf schoss: *Wird Quinn den Anweisungen dieser Männer folgen?*

Sofia hatte den Gedanken kaum zu Ende gedacht, da hörte sie Quinns Anweisung, die wie ein Peitschenhieb in ihren Ohren hallte: „Cera und Mutter, einsteigen, wir fahren."

„Papa, du kannst Sofia nicht allein zurücklassen! Du musst ihr helfen!"

„Nein ... wir können ihr nicht helfen. Ich habe deiner Mutter versprochen, dich unversehrt abzuliefern. Und nun widersprich mir nicht. Steig ein!"

Sofia erstarrte, unfähig, sich zu bewegen. Dumpf vernahm sie unter dem Sack ein Poltern, ein Rascheln und das Gelächter der Männer. Nur schemenhaft konnte sie erkennen, was sich vor ihr abspielte. Sie konnte hören, wie die Pferde wieherten und die Kleine herzzerreißend weinte. Wie Quinns Mutter laut betete und um Gnade bat. Dann ein letztes Hufenscharren und das Rasseln von Pferdegeschirr. Kurz darauf trat eine gespenstische Stille ein. Hinter Sofias Stirn wirbelten die Gedanken wie in einer Endlosschleife.

Was passierte um sie herum? War sie mit den vier Kerlen allein? Ob Quinn Hilfe holte? Nein, sicherlich nicht. Sie waren viel zu weitab von der Hauptroute. Hier würde sie niemand finden.

Bei diesen Gedanken ergriff sie die nackte, kalte Angst. In ihrer Verzweiflung schrie sie: „Was ... was wollt ihr von mir?"

Fremd und dumpf klang ihre eigene Stimme unter dem Sack, der ihren Kopf noch immer bedeckte.

„Warum antwortet niemand?"

Sofia bewegte ihren Kopf wild hin und her. Es schmerzte und trotzdem hatte sie die Hoffnung, somit die Kordel um ihren Hals lösen zu können.

Ein Geräusch! *War das ein Knirschen loser Steine unter schweren Schuhen?*

Die Schritte näherten sich rasch. Sofia sprang zur Seite, als sich Hände an ihren Nacken legten. Mit den letzten Kraftreserven stemmte sie sich gegen den Mann, der sie zum Holzkarren vor sich herschob. Sie stolperte und fiel auf den Boden. Dort blieb sie sitzen. Jemand riss ihren Kopf nach hinten. „Au!", schrie sie. Etwas Kaltes berührte ihr Kinn. Danach zwängte sich ein Luftzug durch den winzigen Spalt des Jutesacks. Sie begann die wenige Luft, die ihr zur Verfügung stand, in sich einzusaugen. Aber ihr Herz raste, ihr Puls nahm eine beängstigende Geschwindigkeit auf.

Warum war ausgerechnet sie in der Gewalt dieser Männer? Wer hatte ein Interesse daran, ihr zu schaden? Wieso war ihr das Medaillon entrissen worden? Außer Dara wusste niemand, dass sie es hatte. Wer um Himmels willen steckte hinter diesem brutalen Anschlag? Wo brachte man sie hin?

Wie ein drohendes Tier setzte sich die Angst, die sie mit jedem ihrer Gedanken mehr und mehr erfasste, zwischen ihre Schulterblätter.

Ist das hier das Ende?

Mehrere Hände zerrten sie weg von dem Planwagen. Die Pferde wieherten und scharrten mit den Hufen. Die Kerle flüsterten miteinander, aber Sofia konnte nicht entnehmen, worüber sie sprachen. Der Sack war noch immer über ihren Kopf gestülpt. Die Schritte, die sich ihr näherten, ließen die Schweißtropfen auf ihrer Haut brennen wie Salzsäure. Sofias Puls raste. Sie versuchte sich so klein wie möglich zusammenzurollen. Als sie einen der Männer die folgenden Worte sagen hörte, stockte ihr der Atem: „Das Gesicht dürft ihr nicht verletzen. Ansonsten könnt ihr mit ihr machen, was ihr wollt! Tobt euch aus und dann verschwindet von hier. Ich bringe sie allein an den vereinbarten Ort."

Das Grölen um sie herum wurde lauter und sie spürte regelrecht, wie sich die Stimmung der Männer mehr und mehr aufheizte. Schwielige und schwitzende Hände griffen nach ihr und zogen sie auf die Beine. Der Geruch, den sie wahrnahm, war widerlich. Offensichtlich hatten sich diese Grobiane seit Wochen nicht gewaschen.

Sofia stolperte und fiel. Die Männer griffen nach ihr und zogen sie wieder hoch. Wie viele Hände ihr die Kleider vom Körper rissen, konnte sie nur erahnen. Sofia schrie, strampelte und versuchte, ihre nackten Brüste zu schützen. Die Männer grölten, rissen ihr die Arme hinter den Rücken und verschnürten diese mit einer weiteren Kordel. Splitternackt und entkräftet stand sie vor ihnen.

„Aufhören!"

Immer wieder schrie sie diese Worte, obwohl sie wusste, dass der Sack ihre Worte verschluckte. Außerdem bekam sie kaum noch Luft. Mit Entsetzen erkannte sie, dass ihre Panik und ihre Verletzlichkeit diese Monster sogar noch mehr anstachelte. Es schien wie eine Droge auf sie zu wirken. Die Kerle lachten und schoben Sofia wie ein Spielzeug von einer Hand in die nächste. Sie stolperte erneut und fiel auf den Boden. Gelähmt vor Angst blieb sie reglos liegen. Ihre Hände waren noch immer auf den Rücken gebunden. Aber es wäre sowieso völlig unmöglich gewesen, allein aufzustehen.

Als hätte jemand den Stecker gezogen, endete die Attacke auf sie abrupt. Ihr stockte der Atem. Doch dann ließ ein maßloser Schmerz auf ihrer Brust sie wie ein verwundetes Tier schreien. Einer der Männer hatte seinen Schuh auf ihren Brustkorb gestellt. Wenige Sekunden später legte sich ein Körper auf sie. Der Geruch von Alkohol und fauligem Mundgeruch streifte ihre Nase.

Jetzt bin ich in der Hölle angekommen. Wäre ich nur im Kloster geblieben oder direkt gestorben! Gott Allmächtiger, wo bist du? Mutter Maria, hilf mir!

Ein Ruck ... die Männer stellten sie auf ihre Beine.

„Halt endlich dein Maul, sonst reiß ich dir die Zunge raus",
polterte einer von ihnen. Kurz darauf traf sie eine Faust und streifte
ihre Stirn. Der Schmerz raubte ihr die Sinne. Ohne einen Laut von
sich zu geben, fiel sie zu Boden. Wie Bluthunde fiel einer nach
dem anderen über ihren Körper her. Mit brachialer Gewalt stießen
sie in sie hinein und schrubbten auf ihr herum. Ihr Körper brannte
lichterloh. Sie hatte das Gefühl, als reiße man ihren Unterleib mit
einer Machete auf. Noch immer war der Jutesack über ihren Kopf
gestülpt. Ihr Kehlkopf schwoll an und sie drohte zu ersticken. Wie
ein verwundetes Tier schrie Sofia ins Leere. Endlich … endlich
überkam sie Bewusstlosigkeit und brachte ihr die Erlösung.

***

Sofia öffnete ihre Augen. Sie spürte nur noch Schmerz – überall.
Sie *war* Schmerz. Die Bank auf dem Planwagen, auf der sie saß,
schaukelte so heftig, dass sie hin und her geworfen wurde. Auf
unebenen Feldwegen holperte der Wagen weiter. Sie schrie
schmerzvoll auf, als sie sich aufzusetzen versuchte. Es gelang ihr
nicht. Ihre Handgelenke waren im Innenraum der Karre
aneinandergebunden. Wenigstens war der Sack über ihrem Kopf
weg und sie konnte atmen. Stattdessen verdeckte jetzt ein
blickdichtes Tuch ihre Augen. Sofia wusste nicht, was heftiger in
ihr tobte, der Durst oder der Schmerz in ihrem gesamten Körper,
der mit jeder Minute unerträglicher wurde. Mit einem Ruck hielt
der Planwagen an. Sofia flog vom Sitz und ihre Handgelenke
verdrehten sich. Als ein fauliger Mundgeruch ihre Nase streifte,
wurde ihr bewusst, dass sie nicht allein war. Jemand erhob sich
von seinem Sitz. Die Gestalt beugte sich zu ihr herunter und zerrte

sie in den Stand. Der Ton war schneidend, als der Mann ihr befahl: „Los, aussteigen! Hier werden wir übernachten."

„Wo … wo bringt ihr mich hin? Wer ist noch bei uns?

„Halt die Klappe. Wir sind allein hier und ich werde dich lehren, was es heißt, Freiwild zu sein."

Das Lachen, das folgte, ging Sofia durch Mark und Bein. Erneut musste sie würgen, obwohl ihr Magen völlig leer war. Mit einem Geschmack von Galle im Mund und heftigen Koliken im Bauch wankte sie zurück auf die harte Bank des Planwagens.

„Nichts da, los, aufstehen und raus aus der Kiste!"

Zwei Arme griffen nach ihr und zerrten sie aus der Karre. Er zwang sie, sich neben ihn auf den Boden zu setzen. Sie fühlte das feuchte Moos unter ihren nackten Füßen. Der Mann öffnete mit Druck ihren Mund und schob ihr den Hals einer Flasche hinein. Wasser! So schnell konnte Sofia jedoch nicht schlucken und das Wasser quoll unkontrolliert aus ihrem Mund. Kaum hatte sie diese Tortur überstanden, stopfte er ihr einen Kanten Brot in den Mund. Er hielt ihren Kiefer so lange in der Hand, bis sie den letzten Bissen heruntergewürgt hatte. Dann setzte er abermals die Flasche an ihren Hals. In Sofia keimte Hoffnung auf, Hoffnung, dass er sie bald gehen lassen würde, wenn sie genug Kräfte gesammelt hätte. Die Ernüchterung kam schneller, als sie denken konnte. Der Kerl stand auf, riss ihr die Hände hinter den Rücken und verschnürte ihre Handgelenke. Sofia schrie und bettelte um ihr Leben.

Das Martyrium

Drei Tage lang musste Sofia tagsüber mit diesem üblen Kerl über holprige Wege fahren. Nachts hielt er an verlassenen Orten. Sie war diesem ihr unbekannten Mann komplett ausgeliefert. Ihre Augen schmerzten von dem ewigen Tuch vor ihren Augen. Mehr und mehr verlor sie die Orientierung. Ihr Körper war völlig verspannt. Jeder Muskel schmerzte, jede Nervenfaser. Wann immer der Kerl es wollte, packte er sie wie eine leblose Puppe. Dann nahm er sie und drang mit brachialer Wucht tief in sie ein. Ein einziges Mal nur hatte sie die Chance zu fliehen, aber sie hatte ihn unterschätzt. Sie stolperte und das Monster bekam ihr rechtes Bein zu fassen. Sie fiel zu Boden und wurde sofort für ihren Fluchtversuch bestraft. Auf Knien zog er sie mit einer Kordel um die Handgelenke zu sich heran. Er packte ihren Kiefer, riss ihr den Mund auseinander und schob sein dreckiges, stinkendes und verunreinigtes Ding tief in ihren Rachen. Wenn sie anfing zu würgen, drückte er ihren Kopf näher an sich heran und hielt ihn so lange fest, bis sie alles erbrach. Am vierten Abend, als sie endlich anhielten und der Kerl sie erneut brutal vergewaltigte, brach Sofia endgültig zusammen. Nichts Menschenwürdiges war mehr an ihr. Sie schrie und wimmerte wie ein panisches, verwundetes Tier in der Falle. Kurz darauf schaltete sich ihr Gehirn wie von selbst aus. Sie glitt in einen Dämmerzustand, ähnlich einem Wachkoma, in dem sie kaum noch etwas wahrnahm. Vor ihrem geistigen Auge zogen zusammenhanglose Erinnerungen ihres kurzen Lebens vorüber.

***

Sofia krümmte sich vor Schmerz. Vorsichtig betastete sie ihr Gesicht. Die Augenbinde war verschwunden. Ihre Wimpern schienen völlig verklebt zu sein und es fiel ihr schwer, ihre Augen zu öffnen. Aus der Ferne vernahm sie das Jaulen eines Hundes und seltsame Geräusche umgaben sie. Oder bildete sie sich das nur ein? Sofia wollte aufstehen, knickte aber sofort um, als tausend rostige Nägel ihren Unterleib zu durchbohren schienen. Schmerz und Demütigung durchströmten ihren Körper. Sie schrie in die Dunkelheit: „Warum ich? Oh mein Gott, lass meinen Körper sich in Asche auflösen. Ich spüre kein Leben mehr in mir. Meine Menschenwürde wurde mir geraubt. Ob ich lebe oder sterbe – es ist einerlei. Nie wieder werde ich in den Spiegel schauen können. Was habe ich getan, um dich so zu erzürnen?"

Nach diesem erlösenden Schmerzensschrei legte sich ein schwarzer Schleier vor ihre Augen. Zusammengekrümmt fiel sie erneut in Ohnmacht.

Sofia wusste nicht, wie lange sie so dagelegen hatte. Sie versuchte ein weiteres Mal die Augen zu öffnen. Es misslang. Sie schluckte schwer und kämpfte gegen die Übelkeit an, die sie mit Wucht überkam. Ihre Kehle war trocken und fühlte sich rau an. Verwirrt und benommen rang sie darum, einen klaren Kopf zu bekommen. Wo war sie? Nach und nach gewöhnten sich ihre Augen an die Dunkelheit. Sie betrachtete die Umgebung um sich herum, als sie schlagartig von einer Flut von Erinnerungen überschwemmt wurde. Sofia keuchte auf und fühlte, wie sich ihr Magen zu einem Klumpen zusammenschnürte. Adrenalin strömte durch ihre Adern. Sofia sah auf ihre blutigen Hände, als sie den Boden um sich herum abtastete. *Wo war sie? Wie lange lag sie schon hier im Dreck? War der Bluthund, der ihr das alles angetan hatte, abgehauen, oder lauerte er noch irgendwo, um erneut über sie herzufallen?*

Sofia fing an zu frieren, obwohl ihr schmächtiger Körper von innen heraus wie ein zündelndes Feuer brannte. Bei jedem Versuch aufzustehen, schien es, als ob ihre Gedärme wie ein Eimer

Innereien aus ihr herausfallen würden. Außerdem war sie noch völlig benebelt, ihr ganzer Kopf dröhnte. Sofia zog sich Stück für Stück an der Mauer hoch. Als sie auf wackligen Beinen stand, tastete sie mit einer Hand über ihren nackten, geschundenen Körper. Tränen der Scham und des Schmerzes sammelten sich und liefen an ihren Wangen herunter. Sie nahm all ihre Kraft zusammen und drehte ihren Kopf vorsichtig nach rechts und anschließend nach links. Als sie erkannte, dass der Kerl sie auf einer abgelegenen Müllhalde zwischen den Müllsäcken abgelegt hatte, murmelte sie: *„Wo hat die Bestie meine Kleidung vergraben?"* Als könnte sie bei jedem Schritt, den sie tat, zerbrechen, bewegte sie sich ganz langsam nach links ... sie sah um sich ... neben einem Jutemüllsack lagen ein paar Teile ihrer zerrissenen Wäsche. *Wie ein Stück Dreck hat er mich entsorgt,* folgerte Sofia verbittert. Voller Verzweiflung schrie sie: „Mutter, Dara, Vater Gottes, warum habt ihr mich im Stich gelassen?"

Sie bückte sich und sammelte die wenigen Anziehsachen ein, die übrig geblieben waren. Die Männerhose, die sie getragen hatte, war verschwunden. Stattdessen lag ein stolaähnliches, schmutziges Tuch neben ihrer Mütze. Die Unterhose und das Hemd, die sie getragen hatte, waren nicht aufzufinden. *Bestimmt haben die Kerle die Sachen als Trophäen mitgenommen,* dachte Sofia und biss sich auf die Lippen, bis sie das warme Blut spürte. Das Tuch wickelte sie um ihren Körper. Wie eine Gliederpuppe setzte sie sich in Bewegung. Unter innerem Zwang fasste sie sich zwischen die Beine, um das schmierige Etwas, vermischt mit ihrem Blut, zu entfernen. Benommen wankte sie den Weg entlang bis zu der Brücke in Sichtweite. Rechts und links registrierte sie dichte Büsche, getrennt von einem fließenden Bach. Sie schleppte sich zum Gewässer, bückte sich und formte aus ihren Händen einen

Kelch. Diesen tauchte sie ins Wasser ein und spritzte sich das kühle Nass über ihr überhitztes Gesicht. Anschließend versuchte sie ihren geschändeten Körper zu reinigen.

Völlig entkräftet und desorientiert schleppte sie sich zurück unter die Brücke. An einem Betonpfeiler hielt sie sich fest. Sofia hob ihren Kopf und schauderte, als sie die Menschen auf der Brücke stehen sah. Sie starrten zu ihr herunter. Einige unter ihnen bedauerten sie. Andere schrien, dass sie verschwinden solle. Vor Angst, dass man sie mit Steinen bewerfen könnte, zog Sofia sich eilig zurück. Unter der Brücke ging sie in die Hocke und wickelte das verschlissene Tuch enger um ihren geschundenen Körper.

Sie hatte längst jegliches Gefühl für Zeit und Raum verloren, als ihr Magen sich vor Hunger krampfte. Schlucken konnte sie nicht, denn ihre Kehle schmerzte. Sofia wusste nicht, wie lange sie ohne Wasser und Nahrung war. Zum Bach getraute sie sich nicht mehr. Sie musste ausharren, zumindest bis es dunkelte und sich kaum noch Menschen auf der Brücke aufhielten. Apathisch sah sie zu, wie die Sonne verschwand und es zu dämmern anfing. Nun konnte sie es wagen, ihr Versteck unter der Brücke zu verlassen. Mit gebremstem Schritt lief Sofia auf eine am Wegesrand stehende Bank zu. Abgekämpft ließ sie sich darauf fallen. Ihre Augen schmerzten noch immer von der langen Dunkelheit, der sie ausgesetzt gewesen war. Sofia hatte keine Ahnung, wo der Kerl sie abgesetzt hatte. Was sollte sie tun? Noch war sie zu schwach, um den steilen Weg hoch zur Brücke zu gehen. Im Augenblick hatte sie nur einen Wunsch: *schlafen.* Hungrig und kraftlos legte sie sich auf die Bank. Als sie ihre Beine anzog, stöhnte sie laut auf vor Schmerz. Sie rollte sich in dem großen Tuch wie zu einem Embryo zusammen. *Vielleicht habe ich Glück und wache nie wieder auf*, dachte Sofia.

Zurück ins Kloster?

Sofias Puls raste. Das Herz schlug ihr bis zum Halse. Trotzdem kämpfte sie gegen die Schwere in ihrem geschundenen Körper an. Ständig fiel ihr der Kopf auf die Brust. Als sie Schritte entlang des Schotterweges knirschen hörte, schreckte sie auf. Reflexartig zog sie ihren Schal enger um den schmalen Körper. Schemenhaft wie durch eine Nebelwand sah sie jemanden auf sich zukommen. Als der Mensch vor ihren Füßen haltmachte, erkannte sie Pater Joschka. Doch für sie schien er noch weit weg zu sein. Dennoch hob und senkte sich ihr Brustkorb. Obwohl sie im Freien war, hatte sie das Gefühl, keine Luft mehr zu bekommen. Sie schloss ihre Lider. Sofort wirbelten die Gedanken wild in ihrem Kopf umher. *Wie konnte das möglich sein? War sie so lange mit dem Vergewaltiger unterwegs gewesen, damit er sie hier, in der Nähe des Klosters, absetzen konnte? Was machte dieser Mann hier?* Intuitiv legte sie schützend ihre Hände vor ihre Brust. Angespannt knirschte sie mit den Zähnen, bis ihre Kiefer schmerzten. *War das etwa ein abgekartetes Spiel ihrer Schwester Dara? Nein, so etwas würde sie niemals tun!,* gab sie sich selbst die Antwort. *Aber wer hatte dann Interesse daran gehabt, sie so zu schänden und sie anschließend in unmittelbarer Nähe des Klosters abzusetzen? Ihr Schwager? Hatte er gewusst, wohin ihre Reise gehen sollte?*

Plötzlich fasste der Priester sie an ihrer Schulter und hielt sie fest. „Sofia? Hörst du mich? Ich bin es, Pater Joschka!"

Sofort senkte Sofia ihren Blick und sah auf den matschigen Belag unter ihren Füßen. Sie *wollte* ihn nicht erkennen, und schon gar nicht mit ihm reden. Ihr Gehirn signalisierte ihr aufzustehen und wegzulaufen. Doch es blieb beim bloßen Gedanken.

Irgendetwas schien ihr die Beine wegziehen zu wollen. Sofia wischte sich den Schweiß von der Stirn, den Blick noch immer auf den Boden gerichtet. Sie machte eine kurze Atempause und versuchte erneut aufzustehen. Dazu kam es jedoch nicht mehr. Der Priester drückte sie mit Nachdruck zurück auf die Bank. Sofia war physisch nicht in der Lage, gegen diese Handlung Protest einzulegen. Wie festgewachsen blieb sie sitzen. Auch als der Priester dicht neben ihr seinen Platz einnahm, konnte sie nichts dagegen tun. Wie sehr sie ihn doch hasste! Pater Joschka nahm ihren Kopf in seine Hände und drehte ihn so, dass sie ihn ansehen *musste*. Sofia zuckte, als hätte sie ein Messer mitten ins Herz getroffen. Die folgenden Worte, die er nun zu ihr sprach, hörte sie nur wie durch einen Wattebausch.

„Sofia, habe ich dir nicht vorausgesagt, dass so ein junges und hübsches Ding nichts auf der Straße zu suchen hat?"

„Neeiin! Das stimmt nicht! Es ... es war ein ... ein abgekartetes Spiel!" Es fiel Sofia schwer, ganze Sätze zu formulieren. Sie brachte einfach keinen richtigen Satz mehr zusammen. Sie musste versuchen, sich zu beruhigen, also atmete sie einige Male tief durch, bevor sie einen weiteren Anlauf nahm.

„Jemand wollte mir schaden! Außerdem hat man mir das Familienerbstück von meinem Hals gerissen. Das Medaillon war aus Gold – und das konnte niemand wissen. Und warum sollte gerade ich überfallen werden? Das stinkt zum Himmel! Pater! Haben Sie etwas damit zu tun?", stöhnte Sofia. Sie war mit ihrer Kraft am Ende.

„Sachte, sachte. Gott hört und sieht alles! Weshalb sollte ich etwas damit zu tun haben?" Der Pater stand auf und reichte ihr die

Hand. „Komm Sofia, lass uns in das Haus Gottes gehen, auch wenn du es so sehr verschmähst."

Sie biss sich auf die Zungenspitze; am liebsten hätte sie ihm ins Gesicht geschlagen, damit er aufhören würde zu heucheln. Sie tat es nicht. Stattdessen senkte sie ihren Blick, damit sie ihn nicht mehr ansehen musste. Pater Joschka hielt ihr noch immer die Hand hin. Sofia ignorierte sie. Als sie sich erheben wollte, schafften es ihre Beine nicht. Sie fiel zurück. Nun blieb ihr nichts anderes übrig, als sich widerstrebend von Pater Joschka von der Bank hochziehen zu lassen. Als Sofia sich umdrehte, stockte ihr Herz. Der Pater zog sie hinter die verhassten Klostermauern.

Und wie damals fiel die schwere, dunkle Tür mit einem dumpfen Ton hinter ihr ins Schloss.

***

In einem Krankenzimmer, das innerhalb des Klosters lag, wurde Sofia von der Nonne Clarita gesund gepflegt. Nur ab und zu erlangte sie über einen längeren Zeitraum das Bewusstsein wieder. Oft fantasierte sie unter hohem Fieber. Sie schlug wild um sich, schrie aus Leibeskräften und wollte einfach nur noch sterben. Die ihr zugeteilte Klosterfrau tupfte geduldig Tag und Nacht den Schweiß von ihrer Stirn. Schwester Clarita musste dafür sorgen, dass Sofia Tag und Nacht unter Bewachung stand. Als das Fieber endlich besiegt und die äußeren Wunden verheilt waren, erlaubte die Nonne, die ihre Mutter hätte sein können, mit ihr den Klostergarten zu betreten. Nach dem kurzen Aufenthalt im Garten musste sie zurück in ihre Krankenzelle. Sie blieb isoliert. Allein musste sie in ihrer Kammer die Mahlzeiten einnehmen. Papier und Bleistifte wurden ihr verboten. Die Leitung des Klosters hatte ihr deutlich gemacht, dass sie, Sofia, bis zur Vergebung ihrer Sünden eine Ausgestoßene bleiben würde. Aber das interessierte sie wenig – im Gegenteil, sie war froh, allein zu sein. Niemand von der Belegschaft des Klosters ahnte, dass sie sich in Grund und Boden schämte für das, was ihr angetan worden war. Und immer wieder fragte sie sich, ob sie selbst daran schuld war. Ob sie sich besser hätte wehren müssen. Nacht für Nacht und immer, wenn sie die Augen schloss, blendete sich das grauenhafte Bild des Überfalls ein. Aus diesem Grund genügte es ihr, wenn die Nonne Clarita ihr jeden Tag die Mahlzeiten brachte, mit ihr im Klostergarten spazieren ging und nur wenige Worte sprach.

An diesem Sonntag, sie hatte gerade mit der Nonne den Klostergarten betreten, musste sie sich übergeben. Gekrümmt lief sie zur nächsten Bank und setzte sich. Feine Schweißperlen sprenkelten ihre Stirn.

„Sofia, was ist los? Hast du etwas Falsches gegessen?"

„Nein, Schwester Clarita, in den letzten Tagen haben mich Schmerzen im Unterleib gequält. Außerdem vermisse ich seit sechs Wochen meine Periode."

„Oh Maria Gottes! Vielleicht ist das eine Schockreaktion auf deine Vergewaltigung?"

„Ich habe keine Ahnung. Woher soll ich das wissen?"

„Das muss ich der Mutter Oberin melden. Oh Kind, was machen wir bloß mit dir?"

„Lasst mich sterben! Mein Leben ist sowieso verpfuscht."

Clarita hörte ihr nicht mehr zu. Sie brachte sie auf dem schnellsten Weg zurück in ihr Zimmer und verriegelte, wie in den letzten Tagen auch, die Tür hinter sich. Sofia war wieder isoliert. Sie hatte nicht die geringste Ahnung, was sie in naher Zukunft erwarten würde.

Der nicht enden wollende Schmerz

Sofia saß gebeugt auf dem Bettrand und starrte wie eine Puppe aus Wachs ins Leere. In ihr war nur noch ein verschlingendes Vakuum, ein tiefes Loch, das jegliches Gefühl aus ihr herauszusaugen schien. Aber hinter ihrer Stirn pochte es unaufhörlich. Mit kreisenden Bewegungen massierte sie die Kuhle über ihrer Nasenwurzel. Wie in einer Endlosschleife tauchten die Bilder der Demütigungen und Qualen der letzten Wochen vor ihrem geistigen Auge auf, immer und immer wieder. Tagelang musste sie in einer Einzelkammer im Gewölbe eines feuchten Kellers verharren. Bis zu dem Tag, an dem ein Arzt und eine Nonne des Klosters den Grund ihrer Schmerzen im Unterleib zu erforschen gedachten.

An diesem Morgen holten sie sie aus dem Gewölbe. In einer der Sanitätskammern innerhalb des Klosters fesselten sie sie auf einem gynäkologischen Stuhl. Völlig überrumpelt musste sie mit ansehen, wie dieser Arzt den mitgebrachten Gummikatheter mit einem Wattebausch fixierte. Ohne Betäubung wurde das Ding tief in sie eingeführt. Sie verzog ihr Gesicht zu einer Fratze, als der Mann im weißen Kittel unbeirrt mit diesem Katheter in ihrer Gebärmutter herumwühlte. Als die Krankenschwester ihr einen kurzen Gummischlauch zwischen die Zähne schob, verlor sie das Bewusstsein.

Nach diesem brutalen Eingriff kam sie in derselben Kammer im Kellergeschoss wieder zu sich. Alles war voller Blut. Als sie sich von der Liege erheben wollte, verlor sie einen Klumpen der roten Masse. Ihre Qualen sollten damit jedoch nicht zu Ende sein. Schwere Krämpfe, Fieber und Schüttelfrost peinigten sie. Nur einmal am Tag kam eine Schwester, um sie medizinisch zu versorgen. Auf die Antwort, was in dem Praxiszimmer mit ihr geschehen war, wartete sie heute noch. Drei Wochen nach dem Vorfall fühlte sie sich in der Lage aufzustehen. Es war das erste Mal, dass sie sich in dem großen Schlafsaal aufhalten und mit den übrigen Schwestern, Mädchen und Frauen gemeinsam das Essen einnehmen durfte. Sofia hoffte inständig, dass ihr Leiden nun ein Ende haben würde. Die Nonnen in ihrem Umfeld machten ihr jedoch klar, dass sie eine Geschändete war. Einzig und allein die Ordensfrau Samantha hielt zu ihr. Trotzdem, auch Samantha konnte die Schläge, die sie einstecken musste, und die Demütigungen, die sie ertragen musste, nicht von ihr abwenden.

Nachdem der Arzt, der sie untersucht hatte, sie für gesund erklärt hatte, wurde ihr die Ordensschwester Therese zugeteilt. Deren Aufgabe sollte es sein, sie, Sofia, endgültig auf den Pfad der Sittlichkeit zu führen. So wurde sie jeden Mittwoch in ein nasses Bettlaken gewickelt. Selbst wenn sie jammerte und um Gnade bat, durfte sie das Laken sechs Stunden lang nicht ablegen. An den Freitagen wurde sie zwei Mal 120 Minuten ins Eiswasser gesteckt. Verweigerte sie sich den befehlenden Schwestern, schlug man sie mit einem Besenstiel oder Kruzifix, bis sie freiwillig darin eintauchte. Jeden Tag mussten die Nonnen der Mutter Oberin Bericht darüber erstatten, ob und wann Sofia zur Reue bereit wäre. Denn die Klosterleitung war es, die befohlen hatte, diese schmerzhaften Behandlungen an ihr auszuführen. Sie gingen davon aus, dass Sofia bald von ihren Sünden befreit und gereinigt sein würde.

***

Die Mutter Oberin und Pater Joschka waren mit Sofias Entwicklung zufrieden. Es sah so aus, als habe sie sich in das

Klosterleben eingefügt. Über die Nonne Samantha ließen sie Sofia zu sich rufen.

„Sofia, hörst du mich?" Samantha zog sie am Ärmel. „Wo bist du mit deinen Gedanken? Du siehst blass aus! Du sollst ins Mutterhaus kommen. Pater Joschka und die Oberin wollen mit dir reden."

„Was werden die schon von mir wollen?" Sofia verzog ihren Mund zu einer Grimasse.

„Mach es dir nicht selbst schwer. Versuche es wenigstens!"

„Ich gehe ja schon." Sofia nickte ihrer Freundin zu und machte sich auf den Weg ins Mutterhaus. Sie hatte keine Kraft mehr, sich zu wehren. Sie war still und scheinbar gefügig geworden. Allein ihre Gedanken waren frei. Und die behielt sie für sich.

„Sofia, es wird Zeit, dich auf den Pfad Gottes zu lenken. Als Erstes wirst du deinen weltlichen Namen ablegen."

Sofia biss sich auf die Lippen, um nicht die zornige Antwort, die ihr auf der Zunge lag, herauszuschreien. Sie atmete tief ein. Erst danach antwortete sie: „Nein, Pater Joschka, das werde ich nicht tun."

„Du widersprichst den Anweisungen?", hörte sie die Oberin fragen.

„Ja, das tue ich. Mir gefällt mein Name. Warum soll ich ihn und meine Familie verleugnen? Habt ihr mir nicht schon genug angetan?"

„Den Namen kannst du nicht behalten. Du bist oder wirst eine Braut Gottes. Die Leitung hat einen Namen für dich ausgesucht. Ab sofort wirst du auf June-Beatrix hören."

„Nein, ich werde diesen Namen nicht annehmen! Ich heiße Sofia!"

„Du wirst sicherlich bald bereit sein, deinen weltlichen Namen abzulegen", zischte die Mutter Oberin.

Sofia schauderte, als sie erkannte, dass sie ihre Meinung zu schnell kundgetan hatte. Sie ahnte, dass sie sich damit selbst ein Bein gestellt hatte. *Warum, verdammt, überlegte sie nicht erst, bevor sie sprach?* Sofia ärgerte sich über sich selbst. Denn kaum hatte sie das Mutterhaus verlassen, musste sie einige Tage hintereinander, außer zur Essenszeit und den Gebetstunden, kniend auf dem Steinboden in einer Ecke des Speisesaals verharren. Jede Insassin sollte sehen, was passierte, wenn man der Kirche und dem Kloster widersprach. Nach dieser schmerzhaften Tortur fiel ihr das Aufrechtlaufen mit jedem Tag schwerer. Die Mädchen und Frauen, aber auch die Novizinnen und Nonnen machten einen großen Bogen um Sofia. Sie alle hatten Angst, womöglich dieselbe Prozedur durchmachen zu müssen, wenn sie sich mit ihr abgaben.

Sofia war am Ende ihrer Kräfte. Ihr eiserner Wille bröckelte. Sie wusste, dass sie nachgeben musste, wollte sie nicht komplett zugrunde gehen.

Am folgenden Morgen, nach dem Frühgebet, rutschte sie auf den Knien zum Altar und sie schrie heraus: „Mein Name ist June-Beatrix."

Sofort fühlte Sofia sich als Verräterin. Sie hatte ihre Familie verraten. Rasch erhob sie sich vom Boden, rannte zu den Toiletten und übergab sich.

Von dem Tag ihres Lippenbekenntnisses an musste sie nicht mehr ins Eiswasser oder auf den Knien den Steinboden schrubben. Auch durfte sie von der Einzelkammer in den großen Schlafsaal wechseln. Dennoch schwor sie sich, nur im Kloster auf den Namen „June-Beatrix" zu hören.

***

Vier Uhr in der Frühe. Die Nonnen riefen zum Gebet. Wie jeden Morgen fielen die Mädchen und Frauen vor ihrem Bett auf die Knie. Widerwillig tat Sofia es ihnen gleich. Und wie jeden Morgen biss sie mit ihren Vorderzähnen so stark auf ihre Unterlippe, dass sie das warme Blut fühlte. Keinesfalls sollte ein Wort des Gebetes über ihre Lippen kommen.

„Gelobt sei Jesus Christus", hörte sie die Nonnen rufen.

„In Ewigkeit, amen!", brüllten die Mädchen aus dem mit über dreißig Betten gefüllten Saal zurück. Kurz nach diesem Ausruf wurde es leise. Eine nach der anderen erhob sich von dem Holzboden und reihte sich in die Schlange ein. Wortlos liefen die Mädchen und Frauen, so wie sie selbst, in den großen Waschraum. Vor ihr reihte sich die verängstigte Albina in die Reihe ein. Sofia schätzte sie auf höchstens zwölf Jahre. Voller Wehmut musste sie an ihre kleine Schwester Marie denken.

Die eineinhalb Jahre, die sie nun hier das zweite Mal eingesperrt war, kamen ihr wie ein halbes verbrauchtes Leben vor. Nicht einmal ihren achtzehnten Geburtstag durfte sie feiern. Der wurde, wie bei den anderen jungen Mädchen und Frauen auch, schlichtweg ignoriert. Was Sofia außerdem nicht begreifen konnte, war, dass Pater Joschka und die Mutter Oberin die Vergewaltigung und den Raub des Medaillons nie wieder erwähnten. Diese Ignoranz wollte sie nicht mehr ertragen. Nach der Abendmesse sprach sie ihren derzeitigen Beichtvater darauf an.

„Pater Brendon, ist Ihnen bekannt, dass ich von mehreren Männern geschändet wurde und dass mir mein Medaillon gestohlen wurde?"

Der Priester runzelte die Stirn und sah sie mit einem stechenden Blick an, bevor er ihr antwortete. „Mein Kind, du bist durch das Eiswasser gereinigt worden. Und schwanger warst du auch nicht. Außerdem haben wir bei dem Herrn für dich um Vergebung gebeten!"

„Was sollte euer Gott mir vergeben? Was habe ich getan? Wo war Euer Herr und Meister, als ich geschändet wurde? Wieso schmoren die Kerle, die mir das angetan haben, nicht in der Hölle, sondern ich?" Sofia war außer sich ob der scheinheiligen Worte des Priesters.

„Gott unser Herr geht oft seltsame Wege, bis unsere Seele Gnade vor ihm findet."

Sie starrte ihn an, als sehe sie einen hässlichen Geist vor sich. Seit diesem Gespräch hasste sie ihr Dasein in diesem heuchlerischen Kloster mit jedem Tag mehr. Niemand war ehrlich interessiert an dem Schicksal einer anderen Insassin. Jede hatte ihr eigenes Päckchen zu tragen. Nicht nur Nonnen, sondern viele Ausreißerinnen, Huren und Mädchen armer Familien waren in diesem Kloster untergebracht. Sie alle mussten in der großen Wäscherei, im Bügelraum oder in der Landwirtschaft schuften. Im Schlafsaal waren über dreißig Betten in Viererreihen aufgestellt. Kopf an Fuß, Fuß an Kopf, ohne Zwischenraum, ohne Ablage oder gar Nachtkästchen für persönliche Dinge. Die brauchten sie nicht, denn jegliches Privateigentum – ob Kuscheltiere, andere Mitbringsel oder private Kleidungsstücke – nahm man ihnen bei der Einlieferung ab. Die Kleidung wurde von den Schwestern zugeteilt, ob sie passten oder nicht. Privatsphäre war ein Fremdwort. Warum sollte ausgerechnet ihr Schicksal eine der armen Seelen hier drinnen, so wie sie selbst eine war, auch interessieren? Sofia war längst klar, dass dieses Kloster Mädchen und Frauen, die als Nonnen taugten, an den Herrn verschacherten. So konnte man sie ungeniert als Sklavinnen halten. Es machte Sofia (June) regelrecht krank, die meiste Zeit mit den anderen Insassinnen schweigen zu müssen. Es gab hier drinnen keine Zeitung, keine Bücher und auch kein Radio. Sie alle lebten komplett abgeschnitten von der Außenwelt. Freundinnen hatte sie hier wenige, oder genauer, überhaupt keine. Ihre einzige Verbündete war die Nonne Samantha. Und sie war es, die sie in diesem Augenblick aus ihren trüben Gedanken riss.

Samantha signalisierte Sofia, ihr in die Kapelle zu folgen. Das war nichts Außergewöhnliches – dort trafen sie sich immer, sofern es möglich war. Samantha war von ihrer Familie mit vierzehn Jahren ins Kloster geschickt worden. Nun war sie über zwanzig Jahre alt und es gefiel ihr hier immer noch. Keinesfalls wollte sie zurück in die freie Welt. Kein Wunder, sie wurde immer gut behandelt. Ihre Eltern hatte ihr eine große Mitgift mitgegeben. Das störte Sofia aber nicht. Denn es war Samantha, die ihr half, die Briefe, die sie schrieb, an den richtigen Adressaten zu übermitteln. Niemals wollte sie aufgeben, denjenigen zu finden, der an ihrer Vergewaltigung schuld war.

Nachdem sie hier drinnen den Namen June-Beatrix angenommen hatte, wurde ihr ein bisschen mehr Luxus gestattet. Sie erhielt Papier und Bleistift. Das war mehr, als sie je erhofft hatte. So konnte sie an den Papst, an das Dekanat in Dublin und an den Polizeipräsidenten schreiben. Samantha schmuggelte die Briefe aus dem Kloster. In jedem Brief forderte sie alle auf, ihre Vergewaltigung aufzuklären. Vergebens! Es geschah nichts, nicht einmal eine Antwort war sie denen wert. Jeden Tag ihres Daseins fühlte Sofia mehr und mehr eine Wut in sich aufsteigen, die wie eine riesige Woge ihren ganzen Körper zu durchfluten drohte.

Tag und Nacht grübelte sie darüber nach, wie sie ihre Situation dauerhaft ändern könnte. Die letzte Option, die ihr noch einfiel, war Dara. Vielleicht könnte ihre Schwester herausfinden, wer damals das Medaillon von ihrem Hals gerissen hatte. Der Gedanke, dass ihr Schwager Brodie etwas mit ihrer Schändung zu tun gehabt haben könnte, setzte sich wie ein Geschwür in ihrem Kopf fest. Noch in derselben Nacht schrieb Sofia ihren Brief.

Liebe Dara,
sicherlich hast Du Dich gefragt, wo ich die letzten Monate abgeblieben bin. Oder hast Du von meinem Unglück gehört? Auf jeden Fall hat man mich wieder in das Kloster nach Dublin verschleppt, indem ich nun gefangen bin. Die Nonnen und Pater Joschka versuchen vehement meinen Willen zu brechen. Teilweise ist es ihnen gelungen. Während meiner Flucht aus Belfast wurde ich missbraucht. Das Medaillon unserer Mutter hat man mir vom Hals gerissen. Wer kannte außer Dir den Weg, den ich mit Quinn fahren würde? Wer wusste, dass ich das Medaillon aus Gold am Hals trug? Diese Fragen bereiten mir schlaflose Nächte. Es wäre für mich unerträglich, zu wissen, dass Du es gewesen sein könntest, die mich verraten hat. Du musst erfahren, dass ich während des Überfalls glaubte, die Stimme Deines Mannes erkannt zu haben. Woher wusste er, dass ich genau diesen Weg fahren würde? Oder war es Quinn, der Kutscher, der mich für kleines Geld verraten hat? Wenn Dir, liebe Dara, etwas an der Wahrheit liegt, versuche herauszufinden, ob Dein Mann daran beteiligt war. Gerne halte ich Deine Antwort in meinen Händen. Bitte störe Dich nicht daran, dass als Adressat Samantha genannt

*wird. Ich selbst darf keine Post empfangen. Noch nicht! Bitte
drücke Marie, die ich sehr vermisse, ganz fest von mir.*
Deine Schwester Sofia
NS: Hier nennt man mich June-Beatrix.

Samantha war jeden Tag die Erste im Nähzimmer. Hier wurde
täglich die ankommende Post verteilt. Doch Sofia wurde auf eine
harte Probe gestellt. Erst Wochen später hielt sie den heiß
ersehnten Brief ihrer Schwester in Händen.

Liebe Sofia,
oder soll ich Dich June-Beatrix nennen?
*Es freut mich, dass es Dir gesundheitlich wieder gut geht. Dennoch
verstehe ich nicht, warum Du nach alldem, was Dir angetan
wurde, das Kloster verlassen willst. Du besitzt nichts, nicht einmal
das, was Du am Körper trägst, gehört Dir. Außerdem war es
Mutters Wille, Dich in Gottes Hand zu geben. Nun ist auch noch
das einzige Erbstück, das Medaillon, verschwunden. Meine
Familie kann Dich nicht unterstützen. Wir haben selbst kaum noch
etwas. Anstatt rumzujammern, solltest Du froh sein, dass Dir das
Kloster eine Heimat gegeben hat. Und was verlangt man dafür von
Dir? – Dass Du den Schleier nimmst. Nun, warum sträubst Du
Dich dagegen? Wozu verpflichtet Dich das? Zu nichts, höchstens,
dass Du noch einige Jahre bei ihnen bleiben musst. In dieser Zeit
kann viel passieren. Vielleicht gibt es bis dahin noch mehr junge
und arme Frauen, die gerne ihr Dasein im Kloster verbringen
würden. Denk darüber nach.*
Dara

Sofia drehte den Brief in ihren Händen. Tränen verschleierten ihren Blick. *Warum schrieb Dara so etwas? Sie hatte gut reden, sie war frei und konnte tun, was sie wollte. Und sie selbst, sie sollte der Welt entsagen und Nonne spielen, obwohl sie das nicht wollte?* Sofia grübelte einige Nächte darüber nach, bevor sie ihrer Schwester antwortete:

Liebe Dara,

über Deine Zeilen habe ich nachgedacht. Ich glaube, Du hast keine Vorstellung davon, wie es ist, nur in seinen Gedanken frei zu sein. Alles andere ist gefangen hinter Klostermauern. Kein eigenes Handeln ist mehr zugelassen. Könntest Du damit leben? Ich kann es nicht. Ich will frei sein, selbst entscheiden können, was ich will und was ich nicht will. Unsere Mutter hatte nicht das Recht, über mich zu bestimmen. Gott sei ihrer Seele gnädig. Ich glaube eher, dass Du Angst davor hast, dass Dein brutaler Mann Dich entsorgt und mich zur Frau nehmen würde. Bei Protestanten geht es sicherlich. Du hast deren Glauben angenommen und unseren mit Füßen getreten. Doch ich mache Dir einen Vorschlag! Ich werde sofort den Schleier nehmen, wenn ich die Wahrheit erfahre. Die Wahrheit darüber, wer mich überfallen, das Medaillon entwendet und mich so brutal vergewaltigt hat. Nach wie vor werde ich den Verdacht nicht los, dass Dein Mann etwas damit zu tun haben könnte. Wenn ich schon den Schleier nehmen soll, will ich wenigstens das Medaillon unserer Mutter tragen können.
Sofia

***

„June-Beatrix, komm bitte in mein Sprechzimmer."

June?

Es dauerte einige Sekunden, bis sie realisierte, dass sie, Sofia, gemeint war. Ihr neuer Name blieb ihr fremd; an eine Gewöhnung war nicht zu denken.

„Bin gleich da", rief sie ihm zu. Pater Brendon war der Beichtvater ihrer verstorbenen Mutter und seit einigen Monaten im Kloster. Sofia stellte sich vor ihn und wartete darauf, was er zu sagen hatte.

„Mein Kind, nimm den Schleier und versöhne dich mit Gott dem Vater. Er wird dir deine Sünden und deinen Irrweg vergeben. Für dich wird es der einzige Weg sein, zukünftig mit dir selbst in Frieden leben zu können."

„Pater Brendon, ich protestiere heftig gegen diesen komischen Vorschlag. Wer hat mich denn im Stich gelassen und mich solchen Qualen ausgesetzt? Wer hat, ohne mich zu fragen, meinen Unterleib so bestialisch zerstört?"

Sofia war fassungslos über so viel Heuchelei. Pater Brendon ließ sich nicht beirren. In einem ruhigen Ton hörte sie ihn antworten: „Denk darüber nach, June-Beatrix. Entweder wirst du für immer in dieses Haus eintreten oder dich in ein anderes Provinzkloster begeben, wo man dich gegen schwere Arbeit aufnehmen wird. Du bist mittellos und wir als Gottes Diener sind verpflichtet, dafür zu sorgen, dass so hübsche und junge Frauen wie du nicht auf der Straße leben. Das hat auch deine Mutter so gewollt."

„Pater, ich heiße Sofia. Und ... was habe ich nur getan, dass man mich so hasst und lebendig begraben will? Trotzdem ... ich werde darüber nachdenken."

Ohne einen weiteren Gruß wandte sie sich von Pater Brendon ab, straffte ihre Schultern und verließ erhobenen Hauptes den Raum, obwohl sie innerlich lichterloh brannte.

Hoffnung?

„He, June." Sofia blieb stehen.

„Samantha, kannst du mich nicht bei meinem richtigen Namen rufen? Du weißt, dass ich den mir gegebenen Namen der Kirche nicht akzeptiere."

Samantha schien das jetzt nicht zu interessieren. „Hier, der Brief ist für dich!" Sie hielt ihn Sofia hin. Sofort riss diese den Brief an sich und presste ihn fest an ihren Körper. Die Härchen auf ihren Armen stellten sich auf und sie fing an zu schwitzen. Ob es gute Nachrichten von Dara waren? Oder eher schlechte?

„Danke Samantha." Mit einem kleinen Lächeln auf den Lippen drehte sich Sofia um die eigene Achse und lief den dunklen, kalten Gang hinunter, direkt in ihre Zelle. Man hatte sie erneut, nachdem sie beim Morgensport gesprochen hatte, in eine Einzelkammer im Kellergeschoss verlegt. Nun war sie froh darüber, so konnte sie in Ruhe den Brief lesen. Sofia riss den Umschlag auf und das Medaillon fiel zu Boden. Ihr Herz stolperte, als sie das Blatt auseinanderfaltete. Sofia las.

Meine Liebe,
ich bedaure aufs Äußerste, was Dir widerfahren ist. Nachdem ich heimlich die Sachen meines Mannes durchsucht habe, fand ich tatsächlich das Medaillon unserer Mutter. Ich weiß nicht, was ich Dir schreiben soll. Es tut mir so leid! Aber auch ich bin gestraft!

Ich muss den Rest meines Daseins damit leben, dass mein Mann ein Vergewaltiger und Dieb ist. Bei der Polizei anzeigen kann ich ihn nicht. Das obliegt Dir allein. Aber bitte verstehe, dass ich alles leugnen werde, wenn es vor Gericht geht. Marie und ich wären dann genauso mittelos wie Du. Ob ich allerdings mit dieser Schande leben kann und will, das kann ich im Moment nicht abschätzen. Lass es mich wissen, wenn Du das erste Gelöbnis über Deinen Stand der immerwährenden Ehelosigkeit vor Gott dem Herrn ablegst. Ich habe meinen Part erfüllt, nun bist Du dran!
Deine todunglückliche und von Schuld geplagte Schwester Dara

Sofia musste sich setzen. Wie auf Kommando tauchten die Bilder des Überfalls vor ihrem geistigen Auge auf. Heiß und kalt lief es ihr den Rücken herunter. Sie erschrak von ihrem eigenen Stöhnen. Unbewusst hielt sie ihren Leib fest umklammert. Noch immer quälten sie Schmerzen im Unterleib. Der aufkeimende Hass in ihr nahm ihr die Luft zum Atmen. In ihrem Kopf rauchte es von den vielen Gedanken, die durch ihr Gehirn wirbelten ...

Wie sollte sie nun mit diesem Wissen umgehen? Würde die Polizei ihr glauben, wenn sie ihren Schwager an den Pranger stellte? Welche Beweise hatte sie außer das Medaillon? Nur durch die Stimmen könnte sie die Männer demaskieren. Aber einen würde sie wiedererkennen. Das war sicher. Wem sollte sie Daras schriftliches Bekenntnis zeigen? Hatte sie überhaupt ein Recht dazu? Die schrille Glocke, die das Abendgebet einleitete, verscheuchte ihre düsteren Gedanken. Im selben Augenblick betrat Samantha die Zelle.

„Was ist passiert, June? Hat es etwas mit deiner Schwester zu tun? Komm, sag schon. Du siehst zum Fürchten aus. Dein Blick ist so traurig und deine Mundwinkel sehen verkrampft und zornig aus.

Willst du jemanden ermorden?" Ihre Freundin lachte. Sie hoffte wohl, einen Aufmunterungswitz gemacht zu haben. Doch Sofia starrte sie nur an.

„Ich komm nicht mit zu der blöden Andacht. Du weißt, dass ich die Heucheleien, die mit den Abendgebeten verbunden sind, hasse wie die Pest."

„Aber dann musst du heute Nacht und ohne Abendessen alleine hier in der gruseligen Zelle verbringen. Willst du das?"

„Ja, das will ich, denn ich muss nachdenken! Sicherlich werde ich dir morgen oder irgendwann erzählen, was es mit dem Brief auf sich hat. Versprochen."

Ihre Freundin zog eine Grimasse und erwiderte: „Du bist dir schon darüber im Klaren, dass die Mutter Oberin nur darauf wartet, dir wieder eine Strafe aufzuerlegen?"

„Ja, ich weiß! Schlimmer als das, was ich bisher erleiden musste, kann es nicht werden."

„Ich weiß ... und wenn ich es könnte, würde ich alles, was man dir angetan hat, rückgängig machen wollen." Samantha streichelte sanft Sofias rechte Wange, ging zur Tür und schloss sie leise hinter sich.

Sofia atmete auf, als sie wieder allein war. Hunger hatte sie sowieso keinen, und die Predigt, die von Pater Brendon auf ihren Kopf niederprasseln würde, käme ihr im Augenblick wie Verrat vor. Außerdem brauchte sie Zeit zum Nachdenken.

Die Nacht neigte sich dem Ende zu. Sofia saß noch immer auf ihrem harten Lager. Keine Sekunde hatte sie ein Auge zutun können. Dafür aber hatte sie einen Entschluss gefasst. Es sollte ein letzter Brief an Dara sein. Ein Schreiben, das hoffentlich ihr Leben ändern würde.

Die grelle Glocke läutete zum Frühgebet. Die Türen wurden aufgeschlossen und jedes der Mädchen reihte sich ein. Im Erdgeschoss stießen die jungen Frauen und Schwestern aus dem Schlafsaal dazu. In einer unbeobachteten Sekunde flüsterte Sofia ihrer Freundin zu, dass sie dringend Papier und Stift benötigte. Samantha brachte ihr das Gewünschte heimlich in die Kammer und legte es unter das Kissen. Auch sie durfte keinesfalls erwischt werden. Wahrscheinlich müsste sie dann eine Woche lang auf den Knien die Holzböden in den Fluren schrubben. Denn es war verboten, einem anderen Mädchen zu helfen.

Sofia konnte es kaum erwarten, nach getaner Arbeit in ihre Zelle eingeschlossen zu werden. Kaum war das Licht erloschen, zündete sie eine Kerze an, die sie heimlich aus dem Speisesaal mitgenommen hatte. Erst als die letzten Schritte in den Fluren verhallt waren, setzte sie sich auf die Bettkante und schrieb die Zeilen an ihre Schwester.

Liebe Dara,
Du hast viel für mich getan. Danke, dass du mir geholfen hast, die Wahrheit aufzudecken.   Nun werde ich mein Versprechen halten und eine Braut Christi werden. Schließlich bin ich inzwischen mehr als drei Jahre, wenn auch mit Unterbrechung, in diesem Kloster. Und glaube mir, ich bin erwachsen geworden. Hier habe ich alles gelernt, was zum Überleben gebraucht wird. Eine Bitte habe ich allerdings an Dich. Ich möchte Dich und Marie an diesem großen Tag der Zeremonie bei mir haben. Ich werde nicht zulassen, dass mir Eure Anwesenheit verwehrt wird.
Ich freue mich, Euch wiederzusehen.
Sofia

Nachdem sie wusste, dass Samantha ihren Brief an Dara abgeschickt hatte, ging sie zu Pater Brendon. Beherzt klopfte sie an seine Tür. Kaum hatte sie seinen Raum betreten, offenbarte sie ihm ihr Vorhaben.

„Pater, ich werde der Kirche gehorchen und, wie ihr es wünscht, eine Braut Gottes werden. Ich bin jetzt fast vier Jahre hier. In ein paar Tagen werde ich zwanzig Jahre und alle Pflichten, die mir auferlegt wurden, habe ich erfüllt."

Pater Brendon zog die Augenbrauen hoch und seine Kieferknochen bewegten sich. Einige Sekunden sah er Sofia fragend an. Ihr Sinneswandel überraschte ihn, wie es schien.

„June-Beatrix, das höre ich gerne. Ich werde sofort die Mutter Oberin darüber informieren. Sie wird alles, was notwendig wird, veranlassen. Der Herr sei mit dir!"

„Amen", flüsterte Sofia leise.

Von diesem Zugeständnis an änderte sich ihr Dasein im Kloster schlagartig. Die Mutter Oberin, die Nonnen und die wenigen Novizinnen waren wie ausgewechselt. Alle schienen plötzlich um ihr Wohlergehen bemüht zu sein. Von einem Tag auf den anderen verließ sie den Schlafsaal und zog in eine geräumigere Kammer mit Blick auf den Klostergarten. Das Privileg, wieder am Leben der Klostergemeinschaft teilzunehmen, gefiel ihr gut. Die Isolation schien vorüber zu sein. Wenige Tage nach ihrem Lippenbekenntnis rief Pater Brendon sie zu sich in sein Arbeitszimmer. Dort wartete bereits die Mutter Oberin auf sie. Sie fing sofort an zu planen:

„Du bist jetzt, wenn auch mit Unterbrechung, schon lange bei uns. Deine Entscheidung, den Schleier zu nehmen, ist richtig.

Durch das Leben bei uns im Kloster wirst du weitgehend der Armut und dem herrschenden Hunger in der Welt dort draußen entgehen. Deine Wunden der Seele sind noch nicht verheilt. Aber durch deinen starken Willen und mit Gottes Hilfe wird dir auch das gelingen. Du hast gelernt, unsere Ordensregeln zu befolgen und durchzuführen. Deine Zeit hier im Kloster wird dem Noviziat angerechnet."

Sofia verschlug es die Sprache. Sie versuchte den Kloß in ihrem Hals, der nicht weichen wollte, hinunterzuschlucken. Dem Priester schien das nicht aufgefallen zu sein, er ergriff nun das Wort:

„In einem feierlichen Gottesdienst wirst du ein zeitliches Gelübde – Armut, Ehelosigkeit, Gehorsam – mit noch zwei jungen Novizinnen ablegen. Vor dem Altar wird dir dein weltlicher Vorname abgesprochen. Von diesem Tag an wirst du offiziell June-Beatrix heißen. Der Name hat sich inzwischen bei dir eingeprägt, daher werden wir ihn nicht mehr ändern."

Sofia fühlte kalten Schweiß auf ihrer Stirn. Dennoch bewegte sie sich nicht und wartete ab. Nur mit einem Kopfnicken signalisierte sie, dass sie den Pater verstanden hatte. Als die Tür ein weiteres Mal aufging, erhob sich Pater Brendon und ging auf die eingetretene Ordensfrau zu. Er lächelte sie an, dann drehte er sich zu Sofia um und erklärte: „Das ist unsere Novizen-Meisterin Schwester Dionore. Unter ihrer Anleitung wirst du ergänzend in das zu leistende Ordensgelübde eingeführt. Nun darfst du gehen. Die Schwester wird dir weitere Anweisungen erteilen."

Nachdem der Priester gegangen war, reichte ihr die Nonne die komplette Kleidung, die sie ab sofort zu tragen hatte. Sie half ihr beim Einkleiden. Sie reichte ihr das Leibgewand, die Schürze, den Gürtel, den Schleier und zum Gebet den Chormantel. Nachdem

Sofia die weißen Gewänder angelegt hatte, fühlte sie sich selbst gegenüber fremd.

Alles, was danach folgte, ließ ihr kaum Zeit zum Nachdenken. Von nun an musste sie an verschiedenen theologischen Unterrichtsfächern teilnehmen. Und sie musste sich erneut im strengsten Schweigen üben. Viel schlimmer war für sie jedoch, dass sie jetzt nur noch eingeschränkte Briefe schreiben durfte. Dabei hatte sie gar nicht vorgehabt, sich dem Willen des Klosters zu beugen. Ihr Plan war ein anderer gewesen: Sie wollte ihren inneren Qualen ein Ende setzen und öffentlich gegen die Gewalttat, die man ihr angetan hatte, protestieren. Doch nun bereute sie es, mit Pater Brendon gesprochen zu haben. Niemals hätte sie gedacht, dass sie dadurch vom Regen in die Traufe kommen würde. Dabei hatte sie nur in Ruhe überlegen wollen, wie sie ihre Vergewaltigung aufklären und ihren Schwager doch noch hinter Gitter bringen könnte. Ihr Plan schien nicht aufzugehen. Sofia musste sich schweren Herzens fügen. Dennoch musste sie Klarheit darüber haben, wie es für sie hier im Kloster weitergehen sollte. Deshalb suchte sie einige Tage vor dem zeitlichen Gelübde das Gespräch mit der Glaubensfrau, die ihr beibringen sollte, wie man sich nach dem Verlesen der Bittschrift demütig vor den Altar werfen sollte.

Es war ein sonniger Morgen, der Tau auf den Beeten und den Äckern glitzerte wie Diamanten im Sand. Dieser Anblick war einer der wenigen, den Sofia genießen konnte. Schwester Dionore setzte sich neben sie. Die Ordensfrau erklärte ihr, wie die Zeremonie ablaufen würde. Zufällig erwähnte sie, dass die Messfeier heimlich stattfinden sollte. Dies war nicht in ihrem Sinn. Im Gegenteil, Sofia brauchte viele Leute für ihr Vorhaben. Nach dem Mittagsgebet bat sie Pater Brendon um Erlaubnis, wenigstens ihren Freunden und Bekannten mitteilen zu dürfen, dass sie ein feierliches Gelübde ablegen würde. Zu ihrer Freude sorgte er dafür, dass sie das Gewünschte bekam. Sofort setzte sie sich hin und teilte die Blätter, sie sie vom Pater erhalten hatte, in je zwei Hälften, sodass sie die doppelte Anzahl Zettel hatte. Darauf schrieb sie fein säuberlich die anstehende Festlichkeit. Den Pförtner des Klosters bat sie, die geschriebenen Einladungen zur Zeremonie an die Nachbarschaft zu verteilen. So hoffte Sofia auf viele gläubige Gäste, die solch ein Ereignis miterleben wollten. Schließlich gab es das nicht jedes Jahr.

Samantha war völlig aus dem Häuschen. Sie half Sofia jeden Tag zu üben, ihre Bittschrift fehlerfrei zu lesen. Sofias Magen krampfte sich jedes Mal; diese Schrift interessierte sie nicht. Für sie war das alles Theater und sie schien die Hauptrolle darin zu spielen. Ihr graute vor dem Tag, an dem sie das Gelübde ablegen sollte. Sie empfand es als Verrat an den armen Mädchen und Frauen, die nicht weit von ihr tagtäglich zehn Stunden in der Wäscherei schufteten und dabei die schädlichen Wasserdämpfe einatmen mussten. Oder am Mittagstisch nur wässrige Kohlsuppe zu essen bekamen, während sich die Priester und Ordensschwestern nebenan nahrhaftere Nahrung auf den Tisch stellen ließen.
Sofia schob ihre düsteren Gedanken beiseite. Heute war sie mit Samantha verabredet. Sie musste sich beeilen, wollte sie ihre Freundin nicht unnötig warten lassen. Eilig begab sie sich ins Erdgeschoss und lief die Gänge entlang, die zu den Gärten des Klosters führten. Fast war sie am Ende des Ganges angekommen, als sie merkwürdige Geräusche vernahm. Abrupt hielt sie an. Da sah sie etwas Schreckliches, nahezu Unfassbares! Eine junge Frau

– nicht älter als sie selbst – schien ihrer Zelle entkommen zu sein. Fast unbekleidet und mit wirrer Gestik zog sie die eisernen Ketten nach sich. Als sie Sofia erblickte, irrten ihre Augen wild umher. Sie raufte sich die Haare, schlug mit den Fäusten auf ihre Brust und lief heulend herum. Kurz darauf versuchte sie sich unter den schrecklichsten Verwünschungen aus dem Fenster zu stürzen. Sofia erstarrte zur Salzsäule. Blankes Entsetzen packte sie. Noch nie zuvor hatte sie so etwas Schreckliches hinter diesen Mauern zu Gesicht bekommen. Mit Schauder sah sie in dem Schicksal dieser Unglücklichen ihr eigenes. Schlagartig fühlte sie sich in ihrem Vorhaben bestätigt. Tausendmal lieber wollte sie sterben, als sich weiterhin gewaltsam in diesem Klostergefängnis festhalten zu lassen. Diesen Gedanken behielt sie jedoch für sich. Keinesfalls wollte sie ihre Freundin damit belasten.

Zwei Tage nach diesem schrecklichen Vorfall half Samantha ihr bei der Einkleidung. Sie erklärte ihr, dass die weiße Schürze und der weiße Gürtel durch schwarze ersetzt werden würden, als Symbol dafür, dass sie nun das Joch der Bestimmung – wie Christus das Kreuz – auf sich nehme. Sofias Laune fiel noch mehr in den Keller. Samantha verstand es und so hing jede ihren eigenen Gedanken nach.

***

Die Robe und der Schleier fühlten sich falsch an. Wie im Fieberwahn ließ sich Sofia von ihrer Freundin in die Kirche führen, in der die heilige Messe zelebriert werden sollte. Anschließend wurden die Flügeltüren der Kirche geschlossen. Als Sofia kurz vor dem Tisch des Herrn stand, versagten ihre Beine ihren Dienst. Sofia ließ sich von Samantha und einer weiteren Begleiterin weiterschleppen. Von rechts und links der Holzbänke hörte man das Blättern der Gesangbücher. Auf Geheiß des Priesters standen die anwesenden Gläubigen und Ordensfrauen auf. Während Sofia von den Nonnen weiter Richtung Altar gezogen wurde, entdeckte sie unter den Gästen ihre Schwestern Dara und Marie. Doch sie hatte keine Zeit, diese zu grüßen, denn es waren nur noch wenige Meter zum Hauptaltar. Die beiden Begleiterinnen ließen sie los und traten zur Seite. Sofia selbst ging auf die Knie. Pater Brendon, der eine Entsagung bei ihr voraussetzte, hielt eine Rede über sie. Sofia hörte nicht ein Wort darüber, dass sie zuvor geschändet und beraubt worden war. Ihr Vorhaben festigte sich. Endlich hatte der Priester seine Glaubensrede beendet. Als sie ihren Namen hörte, verstärkte sich das Rauschen in ihren Ohren. Sie erzwang sich eine kurze Pause, als die pulsierende Ader an ihrer Schläfe zu platzen drohte. Sofia wusste, dass sie jetzt keinesfalls laut oder verzweifelt wirken durfte.

Das zeitliche Versprechen an den Herrn

Sofias Kiefer mahlten. Sie hatte Angst, dass die Schweißtropfen, die sich auf ihrer Stirn sammelten, den geweihten Boden berühren könnten. Versteckt versuchte sie ihre Hände an ihrem Gewand zu trocknen. Dabei hörte sie Pater Brendon wie durch einen Wattebausch laut fragen: „June-Beatrix, geloben Sie Gott Keuschheit, Armut und Gehorsam?"

Seine Worte hallten laut durch das Gotteshaus. Stille herrschte rund um den Altar. Nur ein leises Gemurmel kam aus den hinteren Reihen. Sofia wusste, dass jeder hier in diesem Gotteshaus ihr Gelübde laut und klar hören wollte. Ihre Kehle schien plötzlich völlig ausgetrocknet zu sein. Sie versuchte, mit ihrer Zunge Speichel zu produzieren. Noch einmal atmete sie tief durch, bevor sie zur Antwort ansetzte. Doch dann sprach sie ihre Worte klar und deutlich, sodass alle es hören und bezeugen konnten: „NEIN, PATER BRENDON, NEIN! SIE FRAGEN MICH, OB ICH GOTT KEUSCHHEIT, ARMUT UND GEHORSAM GELOBE? ICH SAGE NEIN!"

Sofia richtete sich auf und wandte sich zu den Anwesenden um. Getuschel und laute Seufzer hallten durch das Gemäuer. Das Gemurmel verstummte und Sofia sprach laut und deutlich:

„Ich nehme Sie alle hier als Zeugen! Ich kann keine Braut Gottes sein und werden. Man hat mich vergewaltigt, beraubt und mir meine Würde genommen. Die Kirche und die Justiz haben mein Leid ignoriert. Aber noch viel schlimmer ist, dass die Vergewaltiger und Diebe frei herumlaufen und nicht bestraft wurden!"

Nach diesem öffentlichen Vorwurf ließ eine der Novizinnen sofort ihren Schleier fallen. Sofia sah ein, dass es unnütz war fortzufahren. Die Nonnen um sie herum überhäuften sie mit Anklagen und Vorwürfen. Die Zeremonie fand ein jähes Ende. Die Kirche leerte sich und sie hatte keine Gelegenheit, mit ihren Schwestern zu sprechen. Nur Marie konnte sie hören, wie sie rief: „Sofia, komm zu uns zurück. Wir brauchen dich!"

Aus den Augenwinkeln sah sie, wie Dara ihre kleine Schwester mit sich fortzog. Sofia weinte ohne Tränen; gerne hätte sie etwas anderes in der Kirche sagen wollen. Aber es ging nicht, sie *konnte* nicht den Schleier nehmen. Nicht nach diesen vielen Lügen und Heucheleien der Kirche, der Oberin, des Priesters und deren Glaubensfragen. Sie alle standen mit im Komplott, dessen war sie sich sicher. Im Laufe der Jahre, die sie hier hatte verbringen müssen, war ihr längst klar geworden, dass die Kirche die zweifelhafte Ethik lieferte, der Staat seine Zwangsmittel gefügig zur Verfügung stellte und die Gesellschaft schwieg, obwohl sie wusste, was hinter den Mauern geschah. Und den Preis dafür bezahlte die ohnmächtige Unterschicht, die ihre Töchter und Söhne verriet, indem sie sie in irgendein Kloster steckte. Sofia seufzte, als ihr klar wurde, dass man sich an ihr rächen würde.

Sie sollte recht behalten. Weniger als eine halbe Stunde später kam die Oberin mit einer Klosterfrau in die Zelle, in die man sie kurzfristig trotz ihres Protests gesteckt hatte. Sofia sah, dass die Nonne in der rechten Hand ein Büßerhemd und in der Linken ein sehr hartes Kleid hielt. Mit Gewalt wurden ihr der Schleier und das Gewand vom Körper gerissen. Anschließend zog man ihr das Büßerhemd und das grobe Kleid, das bis an die Knöchel reichte, über den Körper. Ihr Kopf blieb unbedeckt, die Füße nackt. Sofia wusste, dass sie dieses kratzige Gewand den Rest des Tages sowie auch an den weiteren würde tragen müssen. Sie hatte es bei einer anderen Novizin gesehen. Diese Kleidung musste auch bei allen Arbeiten und Gebeten getragen werden.

***

Eine Novizin brachte Sofia in einen ihr unbekannten Raum. Kaum war die Tür geschlossen worden, kamen Frauen näher an die Zelle, in der sie saß, und stimmten Gebete ein. Sofia hielt sich die Ohren zu. Kaum war der Gesang beendet, hörte sie, wie sich der Schlüssel im Schloss drehte. Die Mutter Oberin schritt erhobenen Hauptes voran. Sofia hegte Hoffnung. Sie ging auf die Leiterin des Nonnenklosters zu. Jedoch gelang es ihr nicht, bis zu ihr vorzudringen. Eine der Frauen stellte sich zwischen sie und die

Mutter Oberin. Schwester Simonie legte ihr einen Strick um den Hals. Anschließend drückte sie ihr eine angezündete Fackel und eine Peitsche in die Hand. Schlagartig bereute Sofia ihr vorheriges Handeln. *Was hatte sie sich da selbst angetan?*

Die Frauen drängten sie aus der Kammer und jagten sie barfuß mit dem Strick um den Hals und sich selbst auspeitschend durch die unterirdischen Gänge. Verzweifelt flehte sie um Vergebung. Todesangst saß ihr im Nacken und sie bettelte um Gnade. Aber man hatte die Glocke läuten lassen, um anzuzeigen, dass niemand erscheinen dürfe. Sofia beschwor den Himmel, warf sich auf die Erde, doch die Frauen schleppten sie weiter. Als sie am Ende der Treppe angelangt war, bluteten ihre Füße und ihr Rücken schmerzte. Endlich hielt die Oberin die Traube der Nonnen an. Mit einem großen Schlüssel öffnete sie die Tür eines kleinen Kerkers. Dort hinein wurde sie auf eine von der Feuchtigkeit halb verfaulte Strohmatte gestoßen. Die Tür schloss sich hinter ihr. Sofia fand ein Stück Schwarzbrot und einen Krug Wasser. Daneben stand ein Gefäß, dies dazu dienen sollte, seine Notdurft zu verrichten. Außerdem entdeckte sie auf einem geschnitzten Steinbock einen Totenkopf und ein hölzernes Kruzifix. Entsetzt schrie Sofia auf. Sofort wurden jene grausamen Momente aus dem Raum der Stille in ihr wachgerufen. Voller Panik griff sie sich an den Rachen und versuchte, sich mit den Zähnen ihre Kleider vom Leib zu reißen.

„Bin ich wieder auf dem Weg zur ewigen Hölle?!" Gedemütigt und verzweifelt schlug sie mit dem Kopf gegen die Mauern und zerfleischte sich selbst, bis das Blut floss. Sie versuchte die Tür, hinter der sie gefangen gehalten wurde, so lange zu durchbrechen, bis die Kräfte sie verließen.

Fünf Tage und vier Nächte waren vergangen. Sofia glaubte, den Rest ihres Lebens in diesem dunklen, feuchten Loch verbringen zu müssen. Jeden Morgen trat eine ihrer Henkerinnen ein und befahl ihr, ihr nachzusprechen: *Ich gehorche unserer Oberin und nehme öffentlich die Anschuldigungen zurück, die ich vor dem Altar geäußert habe.* „Dann wirst du dieses Gefängnis verlassen", sagte sie ihr. Und jeden Tag antwortete Sofia: „Ich kann es nicht zurücknehmen, denn es ist wahr. Ich habe nichts getan und deshalb kann ich nicht tun, was man von mir verlangt."

Am sechsten Tag öffneten die Nonnen erneut die Tür. Bevor sie ihre Münder öffneten und zum Gesang ansetzten, hielt Sofia sich die Ohren zu. Sie konnte den zynischen Singsang „Gelobt sei die Mutter Oberin" nicht mehr hören. Doch die Nonnen priesen die Oberin dieses Mal nicht. Eine der Frauen trat einen Schritt nach vorn und nahm Sofia die Hände von den Ohren. Sofia glaubte, ihren eigenen Ohren nicht trauen zu können, als sie die folgenden Worte hörte.

„Dir wird Gnade widerfahren und die Mutter Oberin und Pater Brendon werden dich in die Freiheit entlassen."

„Waass???" Sofia atmete tief ein, bevor sie mit einem *Zisch* die Luft aus der Lunge presste.

„Es ist zu spät, lasst mich hier, ich will sterben."

„Das könnte dir so passen! Erst stiehlst du uns die Zeit mit deinem Gezeter und nun, wo dir geholfen werden soll, kneifst du!"

Die Frauen zerrten an ihr herum und zogen sie in die Höhe. Sofias Beine knickten immer wieder weg, während man sie zurück in ihre ehemalige Kammer führte. Dort wartete bereits die Mutter Oberin mit verschränkten Armen auf sie. Sofia ließ sich auf die Bank fallen. Die Mutter Oberin ergriff das Wort. Ihre Stimme klang schrill, so als finde sie das, was sie zu sagen hatte, widerwärtig: „Ich habe Gott über dein Schicksal befragt und er hat mein Herz berührt. Er wünscht, dass ich Mitleid mit dir haben soll, und ich gehorche ihm. Also, wirf dich auf die Knie und bitte ihn um Vergebung!"

Sofias zog ihre Stirn kraus. Sie glaubte, sich verhört zu haben. Die Gedanken in ihrem Kopf wirbelten wild durcheinander. *Sollte sie wirklich aus den Klauen des Klosters befreit werden? Hatte ihre Offenbarung in der Kirche Früchte getragen? Gab man ihrer Entsagung Gott gegenüber Gewichtigkeit? – Egal, das spielte im Augenblick keine Rolle. Jetzt kam es darauf an, sich auf den Boden zu knien, um der Anweisung der Mutter Oberin zu folgen. Sie durfte nicht noch einmal Anstoß erregen.*

Sofia erhob sich von der Bank, ging besonnen auf die Knie und senkte ihren Kopf. Keinesfalls sollten die anderen sehen, wie sehr sie diese Nachricht innerlich aufwühlte. Sofia kämpfte mit sich. Sie fand die Worte, die sie sprechen sollte, widerwärtig, falsch und verlogen. Dennoch sprach sie – mit großem Widerwillen – die Worte nach: "Mein Gott, ich bitte dich um Vergebung wegen der Fehler, die ich begangen habe; vergib mir, wie du uns auch am Kreuz vergeben hast."

"Das ist nicht alles", hörte sie die Nonne sagen. "Schwöre mir bei der heiligen Maria, dass du nie über deinen Aufenthalt hier in diesem Kloster sprechen wirst."

"Oh, dann war das, was Sie und Ihr Orden mit mir getan habt, wohl sehr schlecht, sonst würden Sie von mir keine eidliche Versicherung fordern! Aber ich verspreche es hoch und heilig. Niemand soll etwas hierüber erfahren!"

Sofia war es in diesem Augenblick egal, ob sie diesen Schwur, den man ihr abverlangte, halten konnte. Aber der Gedanke, bald frei zu sein, ließ sie alles versprechen.

"Du schwörst es?", vernahm sie die Frage der Oberin.

„Ja, ich schwöre es! Und nun? Was passiert mit mir?" Sofia stand auf, ihre Knie schmerzten von dem harten Steinboden.

„Ich werde mit Pater Brendon und Joschka überlegen, was zu tun sein wird. Bis dahin wirst du deine dir auferlegten Arbeiten erledigen und täglich zu den vorgegebenen Stunden mit uns beten. Nach der letzten abendlichen Messe wirst du in einer Kammer getrennt von den Ordensschwestern bleiben. Das Mittagsmahl darfst du im Speisesaal einnehmen. Aber hüte dich, mit den Übrigen dieses Hauses ein Gespräch anzufangen. Für dich gilt so lange Sprechverbot, bis wir den weiteren Weg für dich entschieden haben. Pater Brendon hat bereits zu deiner Schwester Dara Kontakt aufgenommen. Wir erwarten sie in den nächsten Tagen in der Morgenandacht in der Kirche. Anschließend führen wir ein Gespräch mit ihr."

„Aber ich kann nicht zurück nach Belfast. Niemals!"

„Beruhige dich, June. Deshalb habe ich deine Schwester hierhergebeten. Es wurde uns mitgeteilt, dass Dara dich als Vormund für Marie eingesetzt hat. Sie selbst sieht sich nicht mehr in der Lage, die Verantwortung für sie zu übernehmen."

„Wie bitte? Und ... warum haben Sie mir das verschwiegen? Sie haben mir den Schwur abverlangt, obwohl Sie wussten, dass ich aus diesen dunklen Mauern herauskommen werde?"

Sofia war außer sich vor Zorn. Die Mutter Oberin ging nicht auf ihre Worte ein, warum auch? Sofia äußerte sich ebenfalls nicht weiter, um nicht noch mehr böse Überraschungen erleben zu müssen, bevor sie endlich diesen düsteren Ort verlassen konnte.

Die Oberin verließ, ohne sich umzudrehen, den Raum. Die Novizen-Meisterin Dionore übergab ihr die eigenen Kleider. Endlich konnte sie die ihr aufgezwungenen kratzigen Büßergewänder ablegen. Trotzdem ... sie musste das gerade

Erlebte erst einmal verarbeiten. Sie konnte nicht verstehen, warum Dara ihr nicht selbst ihr Vorhaben mitgeteilt hatte. Schließlich hätte sie zunächst einmal fragen müssen, ob sie die Verantwortung der Vormundschaft überhaupt übernehmen wollte. Warum so plötzlich? War sie krank? Sosehr Sofia sich den Kopf auch zermarterte, sie kam auf kein Ergebnis. Es blieb ihr nur abzuwarten, ob ihre Schwester sich bei ihr melden würde.

Die Wende

Tagelang hörte Sofia nichts von Pater Brendon. Warum dauerte es nur so lange, eine Entscheidung zu treffen? Mit jedem Tag des Wartens sank ihre Gemütsverfassung mehr in den Keller. Ihre unbändige Geduld wurde auf eine harte Probe gestellt. An einen tiefen und ruhigen Schlaf war nicht im Entferntesten zu denken. Angst trat an die Stelle von Nervosität. Eine dunkle Wolke kreiste über ihrem Kopf. *Was war mit Dara? Weshalb wurde sie jetzt plötzlich als Vormund eingesetzt?* Niemand in diesem Kloster wollte ihre Fragen beantworten. Die Oberin und Pater Brendon gingen ihr aus dem Weg. Trotzdem stand sie unter strenger Beobachtung. Jeden Abend musste sie gute Miene zum bösen Spiel machen. Die Matratze wurde auf Geheiß der Äbtissin vom Bettgestell gezogen. Von dem Kissen und der Überdecke wurde der Überzug entfernt. Jede Ecke in diesem kleinen Raum wurde durchsucht. Weshalb? Allmählich fand sie es albern, ständig kontrolliert zu werden. Das Papier und die Stifte hatte man ihr schon vorher abgenommen. Offensichtlich traute die Leiterin des Klosters ihrem Schwur nicht! Selbst von ihrer Freundin wurde sie ferngehalten. Die einzige Erklärung, die Sofia blieb, war, dass die

Klosterleitung Angst davor hatte, dass sie Briefe nach außen schmuggeln könnte. Aber sie würde sowieso das Kloster verlassen. Und spätestens dann könnte sie schreiben, so viel und an wen sie wollte. Sie verstand die Vorgehensweise der Äbtissin nur bedingt.

Endlich hatte das Warten ein Ende. An diesem Tag wurden sie und Samantha zum Küchendienst eingeteilt. Jedoch mussten sie vorsichtig sein, denn auch hier in der Großküche blieben sie nicht unbeobachtet. Sofia war bewusst, dass Samantha Angst hatte, erwischt zu werden. Denn Samantha blieb im Kloster, während sie selbst ging. Am letzten Tag ihres gemeinsamen Küchendienstes schob Samantha ihr heimlich einen Brief in die Schürzentasche. Sofias Herz stolperte vor Aufregung. Voller Ungeduld wippte sie im Rhythmus mit den Füßen vor und zurück, während sie das Geschirr vom Mittagstisch abtrocknete. Es war gut, dass keine der hier Anwesenden eine Ahnung davon hatte, wie sehr der Brief in ihrer Schürzentasche brannte.

Es war so weit, sie konnte mit Samantha die Küche verlassen. Sofort bog Sofia rechts um die Ecke zu den Toiletten. Samantha folgte ihr und drängte die vor der Tür wartende Schwester zur Seite. Sofia hatte verstanden und verschwand auf das stille Örtchen. In Windeseile steckte sie den Brief mit einer Sicherheitsnadel, die sie immer bei sich trug, an ihrer Unterhose im Bauchbereich fest. Dort würde ihn niemand finden. Nach dem Abendgebet stürmte sie in ihre Kammer. Als auf den Gängen Ruhe eingekehrt war, zündete sie die Kerze an, die sie heimlich eingesteckt hatte, und las Daras Zeilen:

Schade finde ich es, dass Du Dich im letzten Moment geweigert hast, Dein Gelübde abzulegen. Denn Du wärst nie wieder dem Hunger ausgesetzt worden. Aber je länger ich darüber nachdenke, umso mehr komme ich zu dem Entschluss, dass Du nach Deinem Gewissen und nicht nach dem Willen der anderen gehandelt hast. Dafür bewundere ich Dich! Marie macht mir schon seit Längerem bittere Vorwürfe, dass ich nichts dafür tue, um Dich aus dem Kloster zu holen. Aber Du weißt, dass ich das nicht kann! Nachdem wir zurück in Belfast waren, habe ich meinen Mann erneut mit dem Medaillon konfrontiert. Er wurde brutal und ausfallend. Allerdings hat er zugegeben, dass er das Schmuckstück hat stehlen lassen. Ob er etwas mit Deiner Vergewaltigung zu tun hatte, werde ich nie erfahren. Die Vorstellung, dass mein Mann Dir Derartiges angetan haben könnte, macht mich wahnsinnig. Albträume begleiten mich seitdem jede Nacht. Und wenn Brodie neben mir liegt, bekomme ich Atemnot und Schweißausbrüche. Dennoch habe ich meinen Mann mit dem Vorwurf, Dich vergewaltigt zu haben, immer wieder konfrontiert. Ich musste Klarheit haben, ich wollte für mich eine Entscheidung treffen. Doch er wurde boshaft und herrisch. So ist es bis zum heutigen Tag geblieben. Mein Mann hat mich in das Fegefeuer geschickt. Wenn er betrunken vom Pub nach Hause kommt, prügelt er mich windelweich. Er behauptet, dass wir Schuld daran wären, dass die Baumwollfabrik kaum noch Gewinn abwerfe. Unsere Familie hätte ihm Unglück gebracht. Eines Nachts, als er wieder betrunken nach Hause gekommen war, wedelte er mit seinem Testament herum. An diesem Tag hatte er mich enterbt und Marie als Alleinerbin eingesetzt. Warum er an unserer Schwester solch einen Narren gefressen hat, kann ich nicht

beantworten. *Es liegt bestimmt daran, dass wir keine gemeinsamen Kinder haben. Gott danke ich dafür! Marie weiß von alledem nichts und ich versuche es von ihr fernzuhalten. Sicherlich aber wird sie bemerkt haben, dass ich todunglücklich bin. Liebe Sofia, ich halte das hier alles nicht mehr aus, denn auch ich habe ein Leben und eine Seele. Es war nicht mein Lebenswunsch, mit fast fünfundzwanzig Jahren von einem alten Mann, den ich zutiefst verabscheue, verprügelt zu werden. Nach langen grüblerischen Nächten habe ich eine Entscheidung getroffen. Wir werden in der nächsten Woche nach Dublin kommen. Es ist alles vorbereitet und durchdacht. Du feierst dort Deinen einundzwanzigsten Geburtstag. Den möchten wir mit Dir gemeinsam verbringen. Übrigens, hat Dir Pater Brendon erzählt, dass Du an diesem Tag die Vormundschaft von Marie übernehmen wirst? Die Papiere hole ich in Dublin ab. Mit dieser Vormundschaft wirst Du es schaffen, wieder frei zu sein! Zumindest hoffe ich das. Zu diesem Anlass hat mich unser früherer Beichtvater zu einem Gottesdienst in die Kirche, in der Nähe Eures Klosters, eingeladen. Nach der Messe werden wir gemeinsam besprechen, wie es weitergehen wird. Wir werden Dich dort treffen. Das hat der Pater mir fest versprochen.*
Also bis bald.
Dara

Sofia ließ den Brief auf den Fußboden gleiten. *Was sollten ihr diese Zeilen sagen? Was dachte sich ihre Schwester dabei? Wie sollte sie das Schulgeld für Marie aufbringen? Sie würden mittellos sein. Und wer nahm zwei junge Frauen in Arbeit? Es gab derzeit kaum Arbeit! Außerdem hatte sie keine Ahnung, wie sie nach so langer Zeit in der freien Welt zurechtkommen sollte. Wollte*

Dara die kleine Schwester unbedingt loswerden? Was hatte sie vor? All diese Fragen quälten Sofia und ließen sie nicht mehr los. Aufgewühlt zählte sie die Tage bis zu ihrer Begegnung mit Dara.

Belfast

Dara war nervös und unkonzentriert. Wieder einmal wartete sie darauf, dass ihr Mann den Weg nach Hause fand. Seit sie ihm das erste Mal mit dem Medaillon konfrontiert hatte, drehte er ab und an durch. Damit Marie die nächtlichen Streitereien nicht miterleben musste, hatte sie ihre Schwester in ein Zimmer ins Nebengebäude verlegt. Weit weg von ihrem Gatten.
An diesem Abend war es spät geworden. Sie hatte mit Marie einen langen Brief an Sofia verfasst. Es beunruhigte beide, dass sie absolut kein Lebenszeichen von ihr bekamen. Seit Sofia in der kirchlichen Messe das Gelübde verweigert hatte, antwortete niemand auf die geschriebenen Zeilen. Weder die Klosterleitung noch Pater Brendon. Die Antwort auf den letzten Brief, den sie direkt an die Klosterleitung geschrieben hatte, war sehr schnell gekommen, wenn man die Zeit des Postweges abzog.

Dara wälzte sich unruhig in ihrem Bett. Sie konnte nicht aufhören zu grübeln. Und sie hatte Angst einzuschlafen. Ihr Mann konnte jederzeit die Villa betreten. Jeder Muskel ihres Körpers war angespannt. Wie jeden Abend ging sie allein zu Bett. Sie griff unter die Matratze. Dort holte sie ein Messer hervor und strich mit der Daumenkuppe über die fühlbar scharfe Klinge. Ein Lächeln umspielte ihre Lippen. Sie war gewappnet, falls er sie angreifen würde. Wie er es so oft getan hatte, wenn er völlig betrunken nach

Hause kam. Der Pulsschlag an ihrer Schläfe verstärkte sich, als sie an die vielen Prügel dachte. Dara hatte keine Energie mehr. Sie war noch jung und sie sah nicht ein, warum sie sich weiter diesem Martyrium aussetzen sollte. *Warum musste er ihr das antun, anstatt froh darüber zu sein, eine junge Frau zu haben? Klar, sie war nicht so schön wie Sofia oder Marie, aber auch sie hatte ihre liebenswerten Vorzüge. Wieso verlief ihr Leben so leer und so trostlos?* Oft fragte sie sich, ob Sofia nicht das bessere Los gezogen hatte ... Sie schob diesen Gedanken beiseite und legte das Messer vorsichtig zurück unter die Matratze. Die Hand an dem Unterbett, fiel sie in einen leichten Schlaf.

Die Villentür fiel krachend ins Schloss. Unregelmäßige Schritte polterten die Treppen nach oben ins Schlafzimmer. Die Tür wurde aufgerissen. Brodie trat an das Bett, zog die Decke von ihrem Körper und zerrte sie heraus. Als er ihr Gesicht streifte, hob und senkte sich ihr Magen. Er roch nach Whiskey und Guinness. Die Jacke stank nach Zigarrenrauch. Er murmelte irgendetwas, bevor er ein Schriftstück aus der Tasche zog und damit vor ihrem Gesicht herumwedelte.

„Hier, mein Testament! Nur dass du es weißt, ich habe deine Schwester Marie als alleinige Erbin eingesetzt, falls mir etwas zustoßen sollte. Meine Mutter gibt es nicht mehr und weitere Verwandte habe ich nicht, wie du weißt."

„Wieso? Was kann dir schon passieren?"

„Wir haben Schulden! Die Fabrik werde ich verkaufen müssen! Diese verhexten Spielkarten sind schuld daran! ... Und ihr katholisches Gesindel!", schob er hinterher.

„Weshalb machst du so etwas? Und warum beleidigst du uns? Du hattest die Wahl, ich nicht! Wieso setzt du Marie als Erbin ein, wenn du alles verschachert hast? Willst du sie auch ins Unglück stürzen, so wie mich und Sofia? Wenn das deine Mutter wüsste!"

„Lass meine Mutter aus dem Spiel!", erwiderte er scharf. „Möge sie in Frieden ruhen, wo immer sie ist!" Mehr sagte er dazu nicht. Er setzte sich auf das Bett und fiel angezogen, wie er war, auf die Matratze. Er schlief sofort ein. Dara war zu aufgewühlt, um sich neben ihn legen zu können. Wut und Hilflosigkeit krochen von ihrer äußersten Fußspitze bis hin zu ihren Haarwurzeln.

„So kann es nicht weitergehen. Ich muss Marie schützen", murmelte sie. Dara nahm sich vor, in den nächsten Tagen das Vormundschaftsamt aufzusuchen. Sie war fest entschlossen, Sofia die Aufsicht über Marie zu übertragen. Vielleicht konnte sie Sofia so aus den Klauen des Klosters reißen. Und ihr Gewissen könnte sie auch beruhigen. Noch immer hatte sie Schuldgefühle gegenüber Sofia.

***

„Was passiert hier? Woher kommen diese Leute?", fragte Marie, die soeben aus dem Hausbewirtschaftungsraum in die Küche stürmte.

„Die Baumwollfabrik wird versteigert", flüsterte Dara zurück.

„Warum? Und was ist mit den Leuten, die hier arbeiten? Werden die entlassen? Fahren wir zurück nach Dublin?"

„Ich weiß es nicht, Marie. Bis auf die alte Dame Keenan werden alle Bediensteten entlassen!"

„Oh nein, sind wir dann allein mit Brodie?" Marie war entsetzt bei diesem Gedanken. „Aber Aces bleibt doch, oder?", schob sie ängstlich hinterher.

„Ja, Marie. Aber es wird sich viel verändern! In den nächsten Wochen werden wir nach Dublin fahren. Ich muss mit Sofia sprechen. Die Klosterleitung habe ich bereits darüber informiert. Bis dahin halte dich von deinem Schwager und dem Rest der Belegschaft fern. Die geben uns die Schuld für die Versteigerung der Baumwollfabrik. Die Stimmung ist explosiv und Brodie ist sehr verstimmt. Du bist alt genug, um zu erfahren, dass dein Schwager die Fabrik verspielt hat. Aber er will es nicht wahrhaben. Das Einzige, was bleibt, sind dieses Haus und das Grundstück drum herum. Falls er es nicht längst verspielt hat." Ein bitterer Zug umspielte Daras Mundwinkel.

„Machst du dir deshalb so viele Sorgen? Du siehst nicht gut aus. Du bist blass und hast viele blaue Flecke. Wo kommen die her? Schlägt er dich?"

„Bitte Marie, stell keine Fragen. Es ist zu deiner eigenen Sicherheit. Halt dich einfach fern von ihm. Versprichst du mir das?

„Ja, ich verspreche es dir! Aber du weißt, dass er mir noch nie etwas getan hat."

„Ich weiß, und dabei soll es auch bleiben. Die alte Keenan wird die nächsten Tage für dich sorgen. Ich werde viel unterwegs sein. Ich muss noch einiges regeln."

„Pass auf dich auf, Dara. Versprich es mir." Marie drehte sich weg von ihr und begrüßte den freudig wedelnden Wolfshund Aces.

Eine verhängnisvolle Nacht

Dara schauderte es in diesem Haus. Sie war allein. Die Haushälterin Keenan hatte heute ihren freien Tag. Sie war gegen Mittag zu ihren Verwandten gefahren. Marie hatte sich in ihr

Zimmer im anderen Gebäude zurückgezogen. Sie wollte noch lernen. Dara nahm sich ein Buch, um sich abzulenken. Wie so oft in den letzten Tagen fand sie keinen Schlaf. Spätabends, wie immer nach der Sperrstunde, stolperte Brodie ins Haus. Die Tür knallte ins Schloss. Laute Schritte waren zu hören. Mit seinen Arbeitsschuhen trat er die Schlafzimmertür ein. Dara sprang aus dem Bett. Hastig zog sie sich die Stola über ihre nackten Schultern. Er kam näher und schubste sie in Richtung Fenster.

„Was hast du getan, du Schlange? Und das hinter meinem Rücken! Du hast mir die Vormundschaft für Marie entzogen! Warum? Sag es mir!"

„Weil du nicht fähig bist, für sie zu sorgen. Auch wenn du sie als Erbin eingesetzt hast. Was denkst du, was davon noch übrig sein wird, hä? Nichts, wenn du so weiterspielst und säufst!"

„Glaub mir, wenn du nicht so hässlich wärst, hätte ich dich längst an meine Schuldner ausgeliehen!"

„Wie meine Schwester?" Dara hielt den Atem an. Sie zitterte am ganzen Körper. Sie spürte, wie ihr die Röte der Angst ins Gesicht schoss. Aber sie blieb stehen, ließ sich äußerlich nichts anmerken. Sie musste seine Antwort hören!

Es klang wie das Grollen eines Donners, als er ihr die Worte entgegenschleuderte: „Ja, wie deine schöne Schwester. Das ist es doch, was du hören wolltest, oder?" Sein Lachen war unerträglich.

„Es hat Spaß gemacht, diese schöne Frau in ihrem Schmerz und ihrer Verzweiflung zu sehen. Wir wollten ihr zeigen, wie es ist, Freiwild zu sein."

„Wo … woher wusstest du den Weg, den sie fahren würden? Hat Quinn es dir verraten?" Dara konnte das Zittern ihres Körpers kaum noch verbergen. Der Magen machte einen Salto.

„Was glaubst du, hä? Denkst du, ich bin so blöde? Dachtest du etwa im Ernst, dass mir keiner meiner Mitarbeiter mitteilen würde, was ihr vorhattet? Ich wusste es von Anfang an!"

„Wer hat mich verraten? Außerdem bist du an jenem Tag schon frühmorgens weggefahren."

„Ich habe einen Vertrauten hinterhergeschickt und dem sind wir mit Abstand gefolgt. Die Leute, denen du Sofia anvertraut hattest, waren so stupide und haben uns nicht bemerkt. Haha. Die Männer sind gut dafür belohnt worden."

Dara starrte ihn entgeistert an. Um sie herum drehte sich alles. Mit dieser Antwort hatte sie nicht gerechnet, obwohl sie so etwas geahnt hatte. *Warum gab er es plötzlich zu?*

Was danach passierte, konnte Dara später selbst nicht mehr nachvollziehen. Mit einem dreckigen Grinsen im Gesicht ging er auf sie zu, schubste sie aufs Bett und riss ihr die Stola vom Hals. Dabei stolperte er und landete auf der Schlafdecke. Dara spürte, dass er im Vollrausch und nicht mehr Herr seiner Sinne war. Seine Augen waren rot unterlaufen, sein Gesicht verzerrt wie die eines hässlichen Tieres. Er starrte sie an und brüllte: „Los, hol mir ein Bier, zu mehr taugst du sowieso nicht."

Dara reagierte wie ein Roboter, als stünde sie neben sich. Ihre Pupillen rollten unruhig hin und her, als sie sich aus dem Bett wälzte. Wie von selbst liefen ihre Beine zum Arzneischrank. Automatisch griff sie nach ihren Schlaftabletten. Sie drehte sich um und ging zum Kühlschrank. Dort holte sie das gewünschte Getränk heraus. Sie zerkleinerte die Schlaftabletten und streute die Krümel in sein Glas. Langsam goss sie das Bier hinein, damit es nicht überschäumte. Schweigend lief sie zurück ins Schlafzimmer. Da lag er, nur bekleidet mit seiner Unterhose. Ohne ihn anzusehen, reichte sie ihm das Glas. Mit einem fiesen Grinsen im Gesicht setzte er sich auf. Ohne es auch nur einmal abzusetzen, ließ er das bräunliche Gesöff seine Kehle hinuntergleiten. Das leere Glas stellte er auf die kleine Ablage neben sich. Er griff nach Dara, erwischte sie an ihrer Stola und zog sie in Richtung des Bettes. Brodie fluchte und schimpfte, während er an ihrer Unterwäsche herumfuchtelte. Plötzlich lösten sich seine Hände von ihr. Wie ein nasser Sack fiel er in die Kissen. Sekunden später hörte sie sein Schnarchen, das sie so sehr hasste. Dara setzte sich auf die Bettkante und wartete. Wie lange, wusste sie nicht. Sie hatte jegliches Gefühl für Raum und Zeit verloren. Noch immer stand sie unter Schock. Und eine Stimme in ihrem Kopf sagte immerzu: *„Er ist ein Vergewaltiger und ein Dieb. Er hat deine Familie gedemütigt und in den Dreck gezogen. Los! Tu endlich etwas!"*

Wie an Marionettenfäden gezogen, erhob sie sich von der Bettkante und griff unter ihre Matratze. Dara fühlte den kalten Stahl in ihrer feuchten Handfläche, als sie das Messer hervorholte. Mit ruhiger Hand zog sie die Bettdecke von seinem Körper. Die Stimme in ihrem Kopf war immer noch gegenwärtig: *„Los, bestrafe ihn! Worauf wartest du?"*

Dara stand auf und beugte sich über ihn … Dann stach sie mit aller Kraft, die sie aufbringen konnte, zu. Einmal – zweimal – dreimal ... immer wieder rammte sie das Messer in seinen rechten Oberschenkel. Das viele Blut, das sich überall verteilte – im Bett, auf dem Boden und an der Wand –, sah sie nicht.

Als würde sie aus einem Traum erwachen, ließ sie das Messer fallen – wie ein heißes Glüheisen, das ihre Finger verbrennen könnte. Es folgte ein spitzer Schrei. Sie war voller Blut. Als sie das Ausmaß ihrer Tat realisierte, wurde ihre Wut und ihr Hass auf diesen Mann von Gefühlen der Verzweiflung und der Schuld verdrängt.

„Oh mein Gott, was habe ich getan? Warum hast du mich nicht aufgehalten?"

Hysterisch rannte sie aus dem Schlafzimmer hinunter in die Nasszelle. Wie von Sinnen rubbelte sie mit einer Wurzelbürste das Blut aus ihrem Gesicht, von den Armen und den Händen. Hastig zerrte sie die blutgetränkte Kleidung von ihrem Körper. Dann rannte sie wieder nach oben. Sie zog frische Sachen an, packte einen kleinen Koffer und stolperte aus dem Zimmer. Die Tür schloss sie hinter sich ab. Anschließend ging sie in die große Küche. Sie setzte sich an den Küchentisch und stellte ihren Koffer daneben auf den Boden. Sie musste nachdenken! Noch immer konnte sie nicht das ganze Ausmaß ihrer Tat erfassen. Sie starrte auf die Tischplatte vor sich. Ihr Kinn fiel auf ihren Brustkorb. Dara war eingenickt.

Es dämmerte bereits, als sie hochschreckte. Bilder des Schreckens zogen an ihrem geistigen Auge vorüber. Hastig erhob sie sich von ihrem Stuhl und sah an sich herunter. Erleichtert betrachtete sie ihre saubere Bekleidung. Alles hatte den Anschein, als sei gestern Nacht nichts geschehen. Oder hatte sie das alles nur geträumt?

„Nein", murmelte sie und schüttelte sich. Ein Ruck ging durch ihren Körper, als sie sich sagte, dass sie sich beeilen musste. Bevor die alte Haushälterin zurückkam, sollte sie weg sein. Außerdem war es an der Zeit, Marie zu wecken. Sie mussten zu Quinn, dem Kutscher, laufen und ihn bitten, sie heute schon zum Bahnhof zu fahren.

Dara huschte über den Hof in das Nebengebäude. Sie weckte ihre Schwester: „Aufstehen, es wird Zeit. Unser Zug wartet nicht!"

„Wollten wir nicht nächste Woche fahren?"

„Frag nicht! Es ist was dazwischengekommen."

Marie sah ihre Schwester an und erschrak. Besorgt fragte sie: „Was ist los mit dir? Du scheinst völlig durcheinander zu sein. Deine Haare kleben an deiner Stirn. Deine Augenlider zucken nervös. Außerdem bist du weiß wie ein Wachstuch."

„Es ist alles gut. Ich bin nur aufgeregt. Es ist fast ein Jahr her, dass wir Sofia das letzte Mal gesehen haben. Lass uns gehen."

Die Frühmesse

Die Flügeltür der Kirche öffnete sich weit. Wie jeden Sonntagmorgen strömten die Menschen in das Haus Gottes. Sofia saß in den vorderen Reihen. Ihr Blick war zur Eingangstür gerichtet. Erst als alle eingetreten waren, erblickte sie ihre Schwestern, die nahe am Ausgang stehen geblieben waren. Sofias Kiefer mahlten. Sie fragte sich erneut, warum Dara hier in Dublin war und ausgerechnet diese Kirche ausgesucht hatte. Sie hatte keine Antwort darauf.

Der Priester und die Messdiener zogen in die Kirche ein. Die Gemeindemitglieder sangen das Eingangslied. Pater Brendon küsste den Altartisch, während Sofias Gedanken in eine andere Richtung schweiften. Sie musste wohl lange in sich versunken gewesen sein, denn auf einmal hörte sie, wie Pater Brendon der Gemeinschaft den Segen erteilte. Dreimal hintereinander symbolisierte der Priester das Kreuzzeichen. Die Menschen erhoben sich von ihren Knien. Bevor der Kantor den letzten Ton anschlug, öffnete sich eine der Flügeltüren des Gotteshauses. Helles Licht drang herein, das aber sofort wieder erlosch, als die Tür geschlossen wurde. Ein Raunen ging durch die Bänke, als drei

Polizisten in voller Dienstkleidung forschen Schrittes in Richtung Altar liefen. Einer von ihnen blieb stehen und bekreuzigte sich. Die anderen zwei Männer taten es ihm gleich. Erneut wurden die Türen geöffnet, damit die Kirchengänger das Gotteshaus verlassen konnten. Einige Neugierige blieben stehen und beäugten die eingetretenen Gesetzeshüter. Ein Messdiener wies ihnen den Weg nach draußen.

Aufmerksam hatte Sofia dieses Geschehen beobachtet, während sie auf ihre Schwestern zulief. Sie wollte sie willkommen heißen, doch die Zeit blieb ihr nicht. Marie drängte sich zwischen sie und Dara und umarmte Sofia. Dara reichte ihr die Hand zum Gruß. Pater Brendon fuchtelte mit seinen Armen in der Luft herum, während er auf die Männer zulief. Sofia spürte ein Grummeln in der Magengegend. Sie ahnte, dass das, was sich hier abspielte, nichts Gutes verhieß. Die beiden Priester – Joschka, der vor wenigen Minuten die Kirche betreten hatte, und Brendon – stellten sich zu Dara, die ihren Kopf gesenkt hielt. Pater Joschka fragte: „Was führt euch zu uns in den frühen Morgenstunden?"

„Verzeihen Sie die Störung, Pater." Der Polizist sah sein Gegenüber mit stechendem Blick an. „Wir haben erfahren, dass Frau Dara Jehan Ihren Gottesdienst besucht. Ist das korrekt?"

Marie nahm Daras Hand und drückte sie. Sie wollte nicht, dass Dara mit den Männern sprach. Doch Dara zog ihre Hand zurück und ging auf den Polizisten zu.

„Ja, das stimmt. Ich stehe vor Ihnen."

Der Mann im grauen Anzug trat hervor. Er schien über Daras Erscheinungsbild erstaunt zu sein. Nach einer kurzen Atempause befahl er: „Dara Jehan, verlassen Sie mit uns das Haus Gottes. Sie werden des Mordes an Ihrem Mann beschuldigt!" Die Worte des Mannes hallten wie Peitschenhiebe nieder.

Marie schrie: „Neeeiiin!"

„Wie kommen Sie darauf? Frau Jehan ist seit gestern Abend unser Gast." Pater Brendon schien irritiert zu sein.

„Das wissen wir. Die Tat wurde durchgeführt, bevor sie sich auf die Reise begeben hat."

„Nein, das kann nicht sein! Meine Schwester und ich haben zusammen die Villa verlassen. Wir haben uns mit dem Kutscher Quinn zum Bahnhof fahren lassen. Wann soll sie das getan haben?" Marie war völlig aufgelöst. Sie konnte nicht glauben, was der Mann ihrer Schwester vorwarf.

Der Polizist ließ sich nicht aus der Ruhe bringen. „Die Untersuchung des Toten hat ergeben, dass im Schlaf auf den Mann mit einem etwa zwanzig Zentimeter langen Messer in den rechten Oberschenkel eingestochen worden ist. Es wurden mehrere Gefäße und die Oberschenkelarterie durchtrennt. Der Täter oder die Täterin hatt ihn, ohne Hilfe zu leisten, liegen gelassen. Er ist verblutet."

Sofia ließ Maries Hand los und stellte sich vor Dara.

„Was reden Sie da? Wieso soll sie ihren Mann erstochen haben? Schauen sie sie an, sie wäre überhaupt nicht in der Lage dazu! Ihr Mann war groß und kräftig."

„Das wird sich klären, junge Dame. Aber vorerst kommt sie mit uns, bis die Angelegenheit geklärt ist."

„Ist schon gut, Sofia. Ich werde mit ihnen gehen. Sorge bitte für Marie. Es ist deine Chance!"

„Nein, du sagst nichts mehr! Pater Brendon, können wir für sie einen Anwalt besorgen?"

Der Priester antwortete nicht. Er musste überlegen. Auch er wollte Dara nicht so einfach den Polizisten überlassen. Ein anderer

Polizist kam in Bewegung. Er trat näher an Dara heran. Er belehrte sie über ihre Rechte.

Es war ein makabres Bild, das sich Sofia bot. Die drei Polizisten standen im Halbdunkeln. Es war ihnen anzusehen, dass sie diesen Ort nicht gerade als ideal für eine Verhaftung ansahen. Sie schienen gehemmt zu sein. Offensichtlich nahmen diese Gesetzeshüter nicht oft schuldig gewordene Menschen im Gotteshaus fest. Außerdem kannten sie den Priester und die Messdiener von Taufen, Gottesdiensten, Hochzeiten oder Beerdigungen. Und Dara ... sie stand mit gebeugtem Rücken, die Hände in Handschellen gelegt, vor dem Mann im Anzug. Marie saß blass wie ein weißes Leinenhemd in einer Ecke. Pater Brendon spielte mit seinem Kreuz an der Halskette. Und sie selbst wünschte sich, dass dies, was gerade geschah, nicht real wäre. Während Sofia dieses Bild in sich einsog, trat Dara einen Schritt zur Seite und sah zu Pater Brendon. Ihr Gesicht war geschwollen. Trotzig schob sie ihr Kinn nach vorn. Die Tränen, die ihr an den Wangen herunterliefen, ignorierte sie. Die verhängnisvollen Worte, die sie sagte, waren kaum zu verstehen: „Pater Brendon, beten Sie für meine Seele und ich bitte unseren Gott, wo immer er sein mag, um Vergebung. Aber es war mir unmöglich geworden, weiterhin mit einem Dieb, Schläger und Vergewaltiger unter einem Dach zu leben."

„Um Himmels willen, sag es jetzt und hier, dass du dich nur wehren musstest, weil er dich verprügelt hat!"

„Nein, Sofia! Ich habe es mit voller Absicht getan. Du willst raus aus den Fängen dieses Klosters und frei sein. Ich dagegen kann dort draußen nichts mit der Freiheit anfangen. Durch die Sauferei meines Mannes ging alles den Bach runter. Die Fabrik musste er verkaufen, seine Arbeiter und die Bediensteten entlassen. Einzig die hochbetagte Haushälterin lebt noch in diesem Gebäude. Nur die Villa seiner Eltern ist geblieben. Sieh mich an, für meine fast fünfundzwanzig Jahre sehe ich aus wie eine vertrocknete alte Frau.

Marie hat von alldem nichts mitbekommen. Sie hat er gut behandelt. Ich aber war dem Monster Tag und Nacht ausgesetzt. Du siehst, jede von uns hat ihr Päckchen zu tragen. Nimm unsere Schwester, fahre zurück nach Belfast und verkaufe die Villa. Mit dem Geld könnt ihr eine Weile leben und du kannst Marie weiter zur Schule schicken. Du findest bestimmt eine Stelle im Haushalt einer Fabrikantenfamilie. Mein Schicksal ist besiegelt. Bald werde auch ich frei von Sünden sein."

Eine befremdende Stille erfüllte die Kirche. Jeder hörte den anderen atmen. Sofia löste sich als Erste aus der Starre und bewegte sich auf Dara zu. Unter Tränen hielt sie sie fest und flüsterte ihr ins Ohr: „Was hast du getan? Hast du dein Leben gegen meines getauscht, damit ich frei sein kann? Oder konntest du wirklich nicht mit der Schuld leben, dass dein Mann ein Vergewaltiger war?"

Dara schüttelte den Kopf. „Nein, Sofia, ich habe es für meine Seele getan, die mit den Jahren krank geworden ist und zerrissen war", antwortete sie laut.

Der Polizist zog Sofia von ihrer Schwester weg. Pater Brendon trat an den Mann heran. Bittend sah er ihn an. „Lassen Sie Frau Jehan hier bei uns im Kloster Buße tun. Wir wissen, dass die Gefängnisse hoffnungslos überfüllt sind. Über zwanzig Frauen müssen sich eine Zelle teilen. Lasst sie hier, bis alles geklärt ist. Die Äbtissin und ich verbürgen uns für sie."

„Das können wir nicht bestimmen. Aber es ist richtig. Die Gefängnisse platzen aus allen Nähten. Es gibt keinen Platz mehr für all die hungernden Diebe und Gaunerinnen. Daher übergebe ich Ihnen diese Frau. Bis zu ihrer Verhandlung kann sie in euer Obhut bleiben. Ich werde das mit dem Richter und der Staatsanwaltschaft für sie klären."

„Gott segne Sie, meine Herren", hörte Sofia den Priester sagen.

Sofia war sprachlos. Sollte sich das Blatt wirklich zu ihren Gunsten wenden? Fast liebte sie Pater Brendon wieder, obwohl er ihr so viel angetan hatte. Marie näherte sich Sofia und nahm ihre rechte Hand. Mit der Linken griff sie nach Dara, die von den Polizisten festgehalten wurde. Marie zwang beide Schwestern in die Hocke und flüsterte ihnen zu: „Lasst uns hier und jetzt in der Kirche schwören, dass wir untereinander auf uns aufpassen werden. Auch wenn Dara sich woanders aufhalten wird."

Gemeinsam gaben sie sich diesen Schwur. Kurz darauf erhob sich Dara, nickte den beiden Schwestern zu und ließ sich unter Aufsicht der Polizei in eine der Zellen im Kellergeschoss des Klosters führen. Alles an ihrer Körperhaltung zeigte, dass sie sich ihrem Schicksal widerstandslos fügte.

***

Als Dara in dem engen Raum saß, wurde ihr mit einem Mal klar, warum ihre Schwester in die Freiheit entlassen werden wollte. Sie selbst war froh, hier hinter diesen Gemäuern allein zu sein. Sie legte sich auf die harte Bank und ließ ihr kurzes Leben Revue passieren. Dann stand sie wieder auf und griff in das eingenähte Täschchen ihrer Unterhose. Sie zog fünf getrocknete

Fingerhutblätter heraus. Kurz darauf warf sie sich zu Boden und murmelte:

„Herr, strafe mich nicht in deinem Zorn. Und züchtige mich nicht in deinem Grimm! Sei mir gnädig und vergib mir meine Todsünde, mit der ich mich selbst bestrafen werde! Amen."

Dreimal machte sie das Zeichen des Kreuzes. Langsam erhob sie sich, nahm die getrockneten Blätter und kaute sie, bis sich eine schleimige Masse in ihrem Rachen bildete. Ihr Gesicht verzog sich zu einer Grimasse. Der bittere Geschmack auf ihrer Zunge schmeckte ekelhaft. Auf die erhoffte Wirkung musste sie nicht lang warten. Die Gegenstände in der Zelle wurden plötzlich neonfarbig. Wenige Sekunden danach fühlte sich alles um sie herum wie Watte an – vollkommen und friedlich.
Die Tür zu ihrer Kammer öffnete sich. Dara sah eine schwarz gekleidete Frau mit zwei Köpfen, die den Raum betrat. Hastig drehte sie sich zur Wand. Die Nonne sollte ihren derzeitigen Zustand nicht sehen. Auch die Stimme kam verzerrt bei Dara an.

„Hier, mein Kind, deine Mahlzeit für heute. Ich soll dir ausrichten, dass Marie bei June, ach, ich meine Sofia, gut aufgehoben ist. Du sollst dir keine Sorgen machen. Wir werden morgen früh nach dir sehen. Gott segne dich!"
Die Tür schloss sich wieder. Gerade rechtzeitig. Ohne jegliche Vorwarnung wurde ihr plötzlich übel und schwindlig. Heftiges Ohrensausen begleitete sie, als sie von ihrer Liege herunterkroch und sich neben den Toilettentopf kniete. Kurz darauf musste sie die Stellung wechseln. Durchfall mit anschließenden Nerven- und Kopfschmerzen machten ihr schwer zu schaffen. Dara erbrach alles, was sie die letzten zwei Tage zu sich genommen hatte. Übrig blieb nur grünlicher Gallensaft. Ihr Körper war in Schweiß gebadet

und krümmte sich vor Schmerz, als sie sich Stück für Stück zurück zu ihrer Schlafstätte robbte. Sehstörungen und heftige Bauschmerzen ließen ihren Leib zittern. Die Pulsfrequenz sank unter fünfzig Schläge. Sie fuchtelte mit ihren Händen in der Luft herum und schrie: „Weg, geht weg von mir!"

Mit letzter Kraft zog sie sich auf das Laken. Wenige Minuten später blieb sie zusammengekrümmt liegen.

***

„Marie, kommst du? Wir haben die Erlaubnis der Klosterleitung, Dara Lebewohl zu sagen."

„Werden wir sie besuchen dürfen, wenn sie im Gefängnis ist?"

„Ja, ganz bestimmt. Aber nun komm."

Sofia zog Marie durch die Gänge, bis sie das von ihr so verhasste Gewölbe erreichten.

„Es ist so traurig, was mit Dara passiert. Wieso habe ich von alldem nichts mitbekommen? Ich mache mir Vorwürfe deswegen. Warum hat sie mich nicht eingeweiht? Bestimmt hätte ich ihr helfen können. Immerhin bin ich fast fünfzehn Jahre alt und kein kleines Kind mehr."

Sofia stoppte. Sie hatten die Tür, hinter der Dara saß, erreicht. Aber sie mussten warten, den Schlüssel hatte die Mutter Oberin, die es sich zur Aufgabe gemacht hatte, eine schützende Hand über Dara zu halten.

„Ach Marie, es ist nicht deine Schuld. Niemand konnte ahnen, dass so etwas passieren würde."

„An allem ist Mutter schuld!"

„Ich weiß es nicht! Lass sie in Frieden ruhen. Sie wollte sicher nur das Beste für uns."

Sofia zog ihre Stirn kraus, sie glaubte selbst nicht an das, was sie gerade gesagt hatte. Sie wollte ihre Schwester nur beruhigen.

Endlich ... die Schritte der Mutter Oberin kamen näher. Als diese den Schlüsselbund aus ihrer Tasche zog, zuckte Sofia. Zu oft hatte sie dieses Geräusch hören müssen. Die Tür öffnete sich und Marie trat als Erste ein. Sie schrie hysterisch auf und wich entsetzt zurück. Sofia drückte die Nonne auf die Seite und trat selbst ein. Ihr stockte der Atem. Sofia hielt ihre Hände vor den Mund, um nicht laut aufzuschreien. Reglos starrte sie auf Dara. Erst als die Äbtissin Sofia wegdrückte, löste sich ihre Starre. Es war ein Bild des Grauens, das sich ihnen bot. Der Raum war besudelt von Erbrochenem und Fäkalien. Es stank erbärmlich nach Urin und Kot. Mittendrin lag Dara zusammengekrümmt und mit verdrehtem Körper auf dem Boden. Sie musste von der Pritsche gefallen sein. Ihre Lippen waren blau angelaufen. Der Puls sehr schwach. Die Oberin schrie: „Raus hier! Sofia, hol einen Arzt! Sofort!"

Sofia rannte mit Marie an der Hand den Weg ins Mutterhaus und schrie nach einem Arzt. Samantha kam ihnen entgegen. Stockend erzählte sie ihr, was passiert war. Marie zitterte am ganzen Körper und Sofia strömten Tränen der Verzweiflung und der Fassungslosigkeit über das Gesicht.

„Warum ... warum hat sie das getan? Sie ist noch so jung!", *stammelte Sofia.* Samantha strich ihr beruhigend über die Schultern. Ihre Stimme klang traurig, als sie sagte: „Die Wege, die sich unser Herrgott für uns gedacht hat, sind mitunter seltsam. Wir müssen es hinnehmen."

Danach ging alles sehr schnell. Dara wurde in eines der Krankenzimmer innerhalb des Klosters gebracht. Pater Brendon hatte strikt verboten, öffentlich über den gestrigen Vorfall zu sprechen. Nichts durfte nach außen dringen. Sofia musste es ihm versprechen, damit sie Dara wiedersehen durfte. Heute wollten sie und Marie Abschied von Dara nehmen. Sofia hoffte, dass dies das letzte Mal war, dass sie durch diese dunklen Gänge laufen musste. Die Schwestern schwiegen, bis sie die Tür des Krankenzimmers erreicht hatten. Sofia atmete tief ein, hielt kurz inne und prustete die Luft mit einem kräftigen Stoß aus ihrer Lunge. Leise öffnete sie die Tür. Es war düster darin, nur eine Kerze brannte.

„Dara, wir sind es, Marie und Sofia!" Leise gingen sie auf das Krankenbett zu. Sofias Herz brannte vor Schmerz, als sie Daras wachsweißes Gesicht sah, das teilnahmslos an die Decke starrte.

Sofia beugte sich zu ihr hinunter. Ihr Herz raste und für einen Moment schloss sie ihre Lider. Was um Himmels willen hatte Dara getan? Wie viel Mut musste sie dafür aufgebracht haben, um sich selbst solch eine schmerzhafte Strafe aufzuerlegen? Sie wusste vom Arzt des Klosters, dass Daras Herz erst nach 72 Stunden übelster Qualen aufgehört hatte zu schlagen. Nun trat auch Marie an das Bett. Sie war tieftraurig und sie erinnerte sich an das tote Gesicht der Mutter. Sie beugte sich zu ihrer Schwester hinunter und streichelte ihre Wange. Sofia trat noch einmal an Daras Totenbett und flüsterte ihr unter Tränen zu: „Danke, du hast dich für mich geopfert. Das werde ich nie wiedergutmachen können. Ich werde ewig in deiner Schuld stehen. Aber ich verspreche dir, dass ich wie eine Löwin um Marie kämpfen werde. Niemals soll ihr so ein Schicksal widerfahren wie uns beiden."

***

Im Kloster herrschte Unruhe. Sofia kämpfte darum, dass Dara neben dem Grab der gemeinsamen Mutter beerdigt werden konnte.

Nach langem Zerren und vielen Eingeständnissen gelang es ihr. In einer Vereinbarung mit der Klosterleitung versicherte sie, dass sie niemals über ihren Aufenthalt in diesem Kloster berichten würde. Ebenfalls mussten sie und ihre Schwester Stillschweigen darüber bewahren, dass sich Dara unter der Aufsicht der Äbtissin das Leben genommen hatte. Zuallerletzt wurde ihr und Marie untersagt, das Gotteshaus, das dem Kloster angeschlossen war, zu betreten. Sofia unterschrieb alle diese Absprachen. Sie wollte, dass Dara ein ordentliches Begräbnis bekam. Wenige Tage danach geschah es endlich. Der Trauerzug endete am Grab. Pater Joschka sprach ein Gebet und der Sarg verschwand in der Erde. Ein kleines schlichtes Kreuz schmückte Daras letzte Ruhestätte. Sofia umarmte Samantha zum Abschied. Sie flüsterte ihr ins Ohr: „Danke für deine Freundschaft. Ich weiß, dass du für dich den richtigen Weg gefunden hast. Du bist eine ehrliche und gutmütige Seele."

Samantha schob sie sacht von sich und erwiderte: „Gott möge deinen Weg und den deiner Schwester Marie segnen und seine Hand schützend über euch halten." Sie lächelte und wischte sich mit der Spitze ihres Taschentuchs eine Träne weg. Dann drehte sie sich um und lief den Weg bis zur Mauer des Klosters.
Sofia und Marie warteten, bis Samantha hinter der schweren Klostertür verschwunden war. *Ob ich sie je wiedersehen werde?*, dachte Sofia.

Zurück in Belfast

Marie krallte ihre Fingernägel in Sofias Hand. Langsam schritten sie auf die prächtige Eingangstür der Villa zu. Am Ende des langen

Weges erblickte Sofia die alte Hausgehilfin gebeugt auf der Treppe stehen. Sie schien Aces gut zureden zu wollen. So wie es aussah, hatte der Hund kein Interesse an seinem Futternapf. Marie erblickte ihn und rief seinen Namen. Aces sauste freudig jaulend auf sie zu. Gemeinsam liefen sie den Rest des Weges bis zum Eingang der Villa.

Dort herrschte eine bedrückende Stimmung. Keenan, die Haushälterin, spuckte voller Verachtung vor ihnen aus. „Was wollt ihr Mörderpack hier? Habt ihr keinen Anstand?"

„Keenan, wir sind kein Mörderpack. Es ist alles unglücklich gelaufen. Es tut uns leid, dass dein Herr tot ist. Marie und ich werden versuchen, die Villa zu verkaufen. Es steht dir frei zu gehen. Du kannst aber auch gerne bleiben und wir werden mit dem neuen Besitzer eine Absprache zu deinen Gunsten treffen. Denn du bist alt und findest sicherlich keine neue Anstellung mehr in diesen schlechten Zeiten."

„Nein, ich werde zu meinen Verwandten am Ende der Stadt ziehen. Mit euch Mörderpack will ich nicht eine Nacht mehr unter einem Dach leben."

Die betagte Dame drehte sich um, holte ihre abgewetzte, prall gefüllte Tasche und ging langsam, ohne sich noch einmal umzudrehen, hinaus auf die Straße. Draußen wartete eine Droschke auf sie. Sofia seufzte und begab sich mit Marie ins Haus.

Unheimlich, bedrückend und finster fühlte sich alles hier an. Der Geruch von Schweiß, Angst und Blut von dem gewaltsamen Tod schien in der Luft zu hängen. Sofias Härchen an den Armen stellten sich auf. Hastig lief sie in die obere Etage, um den Raum des Grauens abzuschließen. Bei dem Gedanken, dass ihre Schwester zu solch einer Gräueltat fähig gewesen war, schüttelte es sie. Wie tief mussten ihre seelischen Verletzungen gesessen haben, um sich zu so einer Verzweiflungstat hinreißen zu lassen! Sofias Hände waren feucht, als sie den Schlüssel herumdrehte. Sie zuckte zusammen, als Marie plötzlich hinter ihr stand. Sie hatte sie nicht kommen hören.

„Was meinst du, Sofia? In dieser Villa, wo so viel Leid geschehen ist, wollen wir nicht länger bleiben, oder? Wenn wir sie verkaufen, gehen wir dann zurück nach Dublin?"

„Es ist dein Erbe, du kannst damit machen, was du willst."

„Ja, ich will es verkaufen, dazu brauche ich deine Zustimmung. Du bist mein Vormund, bis ich einundzwanzig bin."

„Gerne kannst du es dir nochmals überlegen, ob du das wirklich willst, Marie."

„Nein, keinen Tag länger als nötig will ich hier verbringen."

„Schlaf ein paar Nächte drüber, dann entscheiden wir neu. Ist das in Ordnung für dich?"

Sofia sah ihre Schwester fragend an. Sie selbst wollte nicht länger als notwendig hierbleiben. Aber sie hatten keine Wahl. Niemand hier in den Straßenzügen würde ihnen eine Unterkunft geben. Es hatte sich in Windeseile herumgesprochen, dass in diesem Haus der Fabrikant der Baumwollfarm durch die Hand seiner Frau ermordet worden war. Steine wurden geworfen und Rufe wie „Katholikenpack" und „Mörderpack" hallten durch die Straßen. Marie musste die Schule verlassen. Die Mädchen des Internats spuckten vor ihr aus und legten tote Vögel in ihre Schultasche.

Spät in der dritten Nacht, die sie in diesem Haus schliefen, schlug Aces an. Er ließ sich nicht beruhigen. Der Hund lief bellend und knurrend von einem Zimmer ins nächste. Unaufhörlich zerrte an den Decken der Schwestern. Dies tat er so hartnäckig, dass sie aus ihren Betten stiegen. Eilig warf sich Sofia die lange Stola um die Schultern. Es war ungewöhnlich, dass der Hund so hektisch reagierte. Sie hasteten die Treppe hinunter. Kurz darauf sahen sie das Unglück!

Feuer – soweit sie blicken konnten!

Schnell packten sie einige Sachen, nahmen sie unter den Arm und rannten mit Aces aus dem Haus. In Sekundenschnelle griffen die Flammen um sich. Dunkelgrauer, fast schwarzer Rauch, gespalten durch die Glut, stieg unkontrolliert in den Himmel. Es knackte und knisterte in allen Richtungen. Asche fiel herunter und bedeckten ihre Haare und ihre Kleider. Zwei Nachbarn rissen sie weg von der brennenden Villa. Machtlos mussten sie zusehen, wie das Gebäude abbrannte. Endlich traf die Feuerwehr ein. Leider zu spät!

Marie weinte in Aces' Fell. Dann fragte sie Sofia: „Wer tut so etwas? Wollten die, dass wir im Feuer umkommen?"

***

Außer Aces und die Kleidung, die sie noch retten konnten, war ihnen nichts geblieben. Sofia legte die Decke, die sie während der Flucht nach draußen noch greifen konnte, um ihrer beider Schultern. Wortlos zog sie Marie weg von der dampfenden Erde. *Nahm ihr Unheil denn nie ein Ende? Wofür wurden sie jetzt bestraft?*, dachte Sofia verzweifelt.

Jemand legte eine Hand auf Sofias Schulter. Ruckartig drehte sie sich um. Sofort erkannte sie das Gesicht, das sie traurig anlächelte. Es war Quinn, der Kutscher. Sofia war viel zu müde und erschöpft, um zu reagieren. Aber sie hörte ihm zu.

„Es tut mir so leid, was mit Ihnen passiert ist. Und ich habe ein schlechtes Gewissen. Aber ich war nicht verantwortlich für den

Überfall. Ich musste mein Kind beschützen. Das verstehen Sie, oder?"

Sofia sagte nichts dazu, sie hatte wahrhaft andere Sorgen. Quinn ließ sich nicht beirren und sprach weiter: „Als Wiedergutmachung möchte ich Sie und Marie für einige Tage in meiner kleinen Wohnung aufnehmen. Ich selbst ziehe mit meiner Familie in dieser Zeit zu meinem Bruder. Nehmen Sie mein Angebot an?"

„Bitte", bettelte Marie. Sofia überlegte, obwohl sie wusste, dass sie das Angebot schon wegen ihrer jungen Schwester nicht ablehnen durfte.

„Danke Quinn. Leider bleibt mir nichts anders übrig. Grüßen Sie Ihre Frau und Cera von mir. Das Mädchen müsste dreizehn Jahre alt sein?"

„Ja, exakt. Meine Kleine wollte Sie selbst begrüßen, aber meine Frau ist mit ihr bereits unterwegs zu meinem Bruder. Cera hat lange unter dem Vorfall von damals gelitten und hat mir ewig Vorwürfe gemacht."

„Danke Quinn, wir nehmen Ihr Angebot an. Gerne schreibe ich Cera ein paar Zeilen, wenn wir in Dublin eine Bleibe gefunden haben. Schließlich war sie die Einzige, die mich beschützen wollte."

Quinns Wangenknochen bewegten sich. Auf seiner Stirn glitzerten kleine Schweißperlen. Sein Blick ging über sie hinweg, als er erwiderte: „Sie haben fünf Tage Zeit, um alles zu regeln. Vielleicht können Sie das Grundstück verkaufen. Hier ist die Adresse eines Maklers. Vielleicht wenden Sie sich aber auch an die Stadt, die seit einiger Zeit Grundstücke für unsere Bürger aufkauft. Gerne bin ich bei der Vermittlung behilflich. Mein älterer Bruder arbeitet dort. Wenn Sie Hilfe brauchen, helfe ich gerne."

„Vielen Dank!" Sofia war ehrlich beeindruckt.

„Ein Freund von mir fährt in fünf Tagen mit einem Holzwagen, gezogen von zwei Ackergäulen, nach Dublin. Er holt Sie hier ab und bringt Sie zurück in die Stadt. Mehr kann ich nicht für Sie tun."

„Das ist mehr als genug, Quinn", erwiderte Marie, die das Gespräch verfolgt hatte.

Fünf Tage blieben sie in Quinns Wohnung. Das Einzige, was sie erreicht hatten, war, den Verkauf des Grundstücks zu organisieren. Beide wussten, dass es in der jetzigen Zeit, wo sich Anwesen und Grundstücke schlecht veräußern ließen, lange dauern konnte, bis das Stück Land mit der Ruine darauf verkauft sein würde.

Quinn hielt sein Versprechen. Sie wurden von einem Holzkarren mit zwei Gäulen abgeholt. Auf der Route nach Dublin sprachen sie wenig miteinander. Jede hing ihren eigenen Gedanken nach. Selbst Aces verhielt sich still während der holprigen Fahrt. Als sie an dem Kloster vorbeifuhren, drückte eine Faust in Sofias Magen. Dunkle Erinnerungen wurden gegenwärtig. Marie bat den Kutscher, am Friedhof anzuhalten.

„Das ist alles so deprimierend! Du bist dem Kloster entkommen und Dara liegt in diesem dunklen Grab."

„Ach Marie, musstest du das sagen? Ich werde Tag und Nacht von meinem Gewissen geplagt. Ständig habe ich Daras gekrümmte Haltung vor meinen Augen. Auch die Albträume hören nicht auf."

„Wir können aber nichts dafür! Mit Vater fing es an, als er uns verlassen hat. Und Mutter wurde schwer krank! Was hätten wir tun können?" Marie sah fragend zu Sofia.

„Komm, lass und hier am Grab niederknien und für sie beide beten."

„Ich dachte, du hast Gott abgeschworen!" Marie sah Sofia fragend an.

„Lass gut sein. Deswegen kannst du für die Seelen beten und ich halte Zwiesprache mit Mutter und Dara. Einverstanden?"

„Trotzdem wird Dara nie wieder die Sonne sehen." Traurig flüsterte Marie diese Worte. So als habe sie Angst, jemand könnte es hören.

„Sei getrost, ob mit oder ohne Gott. Dara und Mutter werden zu uns herunterschauen und ihre Hände schützend über uns halten."

Nach diesen Worten nahm Sofia ihre Schwester in den Arm. Wortlos gingen sie zurück zu dem Pferdewagen, dessen Kutscher geduldig auf sie wartete.

Eine düstere Zukunft?

Die Schwestern erreichten das Haus, in dem sie aufgewachsen waren. Sie hielten sich fest an den Händen, als sie das düstere Gebäude betraten. Sofia bemerkte, dass sich in den letzten Jahren, seit sie von hier verschleppt worden war, nichts verändert hatte. Im Gegenteil, es schien noch schlimmer und ärmlicher geworden zu sein. Schlamm und Schlaglöcher hielten die Wege zusammen. Der Müll stand noch immer an den Ecken und wartete darauf, durchwühlt zu werden. Kaputte Fensterscheiben wurden durch dünne Pappe ersetzt. Kleine Kinder in ärmlicher Kleidung und ohne Schuhe spielten am Straßenrand. Bei diesem Anblick zog sich ihr Brustkorb zusammen. Das und all die Geschenisse, seit sie dem Kloster entkommen war, machten ihr Angst. Wo würde sie mit Marie eine Bleibe finden? Hier gab es noch weniger Arbeit als in Belfast. Die begehrten Stellen in Haushalten waren längst vergeben. Dennoch ließ sie sich gegenüber Marie ihre Sorgen nicht anmerken. Sofia klingelte an der Tür von Frau O'Connor. Eine fremde Person öffnete ihr. Von ihr erfuhren sie, dass die alte Dame eines Nachts die Augen für immer geschlossen hatte. Und dass die Dachkammer jetzt von anderen Mietern besetzt war. Hier war für sie beide kein Platz mehr. Wo sollten sie hin? Wo neu anfangen? Sie hatten keine Verwandten und keine Freunde mehr hier. Ratlos setzten sie sich auf eine der Treppenstufen. Sofia brauchte Zeit zum Nachdenken.

„Eine Möglichkeit haben wir noch", sprach Sofia ihren Gedanken laut aus.

„Ja? Welche?" Marie sprang auf.

„Es wird ein langer Fußmarsch."

„Macht nichts. Hauptsache, es gibt einen Hoffnungsschimmer! Schließlich haben wir nichts mehr als unsere Sachen am Leib."

„Komm, wir müssen los, damit wir noch vor Einbruch der Dunkelheit bei der Schwester im Krankenhaus eintreffen."

„Wer ist das?"

„Es ist die Schwester, die mir damals die Flucht nach Belfast ermöglicht hat." Eine steile Falte bildete sich auf Sofias Stirn.

„Dann nichts wie los, Hauptsache wir haben ein Ziel", erwiderte Marie.

Der Weg zum Krankenhaus zog sich in die Länge. Die Dämmerung war längst hereingebrochen und tiefe Dunkelheit herrschte jetzt überall um sie herum. Als Sofia an dem Pförtner des Krankenhauses vorbeiging, kam die schlimme Erinnerung wieder hoch. Für einen Augenblick hielt sie an. Sie musste sich innerlich sammeln. Währenddessen fragte sich Marie zu der Krankenschwester durch, die Sofia besuchen wollte. Die letzte Station war erreicht. Festinas Nachtschicht hatte begonnen. Sofia klopfte an das Glasfenster, hinter dem sich das Schwesternzimmer befand. Die Tür ging auf und sie sah in die gutherzigen Augen der Schwester.

„Sofia – du hier?! Wieso bist du nicht in Belfast?"

„Es ist eine lange, traurige Geschichte und ich suche für mich und meine Schwester eine neue Bleibe und Arbeit."

„Kommt, setzt euch. Ich bereite schnell einen Tee für uns zu. Ihr seid durchgefroren und sicherlich müde."

„Vielen Dank, das ist sehr gütig von Ihnen", antwortete Marie.

„So, nun erzählt mal, was euch widerfahren ist. Nie hätte ich geglaubt, dich wiederzusehen, Sofia."

Zwei Stunden lang erzählte sie ihre Geschichte. Als Sofia ihre Erzählung zu Ende gebracht hatte, wurde es für wenige Sekunden still ...

„Kommt mit, aber seid leise. Heute Nacht könnt ihr in meiner Kammer schlafen. Zumindest bis zu meinem Dienstende. Morgen sehen wir weiter."

Es war die erste Nacht, in der Sofia traumlos schlief. Marie hatte Mühe, sie zu wecken.

„Komm, aufstehen, deine Freundin hat eine Idee. Sie wartet in der Empfangshalle."

„Ich komme gleich, geh schon mal nach unten." Sofia musste sich sammeln. In den letzten Tagen war einfach zu viel passiert. Die Angst, mit Marie obdachlos zu werden, saß ihr im Nacken. Nachdem sie sich ein wenig Wasser aus dem Eimer ins Gesicht geschüttet hatte, fühlte sie sich etwas wacher. Sie straffte ihre Schultern und lief den Weg nach unten.

„Da bist du ja endlich! Komm, wir haben wenig Zeit! Ich bring dich zu meiner Nachbarin. Sie lebt allein, ihr Sohn ist seit längerer Zeit in Amerika. Die alte Dame nimmt euch für eine Weile bei sich auf. Bezahlen könnt ihr sie, wenn das Grundstück verkauft worden ist."

Sofia konnte den Ausführungen kaum folgen. Hatte sie richtig verstanden? Sie bekamen eine Unterkunft?

„Sofia, komm, sag was. Das ist gut, oder? Zumindest bis wir das Geld vom Grundstück haben."

„Ich weiß nicht, wie ich dir danken soll." Sofias Stimme klang belegt.

„Komm, wir müssen los! Später soll ich arbeiten und schlafen muss ich auch noch ein wenig."

Festina schob die Schwestern auf die Straße. Nach dreißig Minuten Fußmarsch erreichten sie am Rande von Dublin das kleine Haus, das offenbar einmal ein Bauernhaus gewesen sein musste. Festina hielt an.

„Hier wohnt Frau O'Neill. Sie erwartet euch bereits. Ich melde mich wieder bei euch. Deinen Brief an die Stadt Belfast wegen des Grundstücks habe ich heute Morgen weitergeleitet. Als Empfehlung für den Verkauf habe ich unsere Äbtissin angegeben. Die kann es beschleunigen. Ich hatte ihr klargemacht, dass sie noch einiges gutzumachen habe an dir. Mit viel Zähneknirschen hat sie zugestimmt. Nun heißt es abwarten." Festina schaute ihre Freundin mit einem verschmitzten Lächeln an, bevor sie sich auf den Rückweg machte.

„Danke", rief Marie ihr hinterher.

Sofia klopfte an die Tür. Eine ältere Frau öffnete und bat die Schwestern einzutreten. Sie nahmen Platz in der kleinen Stube am

Tisch. Frau O'Neill lächelte freundlich. Die tiefen Furchen in ihrem Gesicht erzählten eine eigene Geschichte. Sie reichte ihnen Tee und Gebäck und die alte Dame begann zu berichten:

„Mein Sohn Killian ist vor ein paar Jahren nach Amerika ausgewandert. Nun ist er verheiratet und ich habe eine Enkelin, die ich nie kennenlernen werde." Eine Träne hing an ihrer Wimper fest, während sie weitersprach:

„Sie wünschten, dass ich nachkomme. Das Ticket für eine Überfahrt hatten sie mir vor längerer Zeit zukommen lassen. Aber in der Zwischenzeit ist mein Mann verstorben und allein traue ich mir die lange Überfahrt nicht zu."

Frau O'Neill machte eine Pause und schniefte in ihr kleines Taschentuch. Den vorher hinaufgeschobenen Ärmel zupfte sie wieder herunter. Dann faltete sie einen Brief auseinander und nahm eine Fotografie in die Hand. Dieses Foto zeigte ihren Sohn, seine Frau und die kleine Tochter.

„Wissen Sie, mein Sohn hat Glück gehabt. Der Vater seiner Frau hat ihm ein florierendes Geschäft überschrieben." Wieder schniefte sie in ihr Taschentuch.

„Ich wünsche mir so sehr, ich könnte meine einzige Enkelin sehen."

Sofia und Marie hatten Frau O'Neill, ohne sie zu unterbrechen, aufmerksam zugehört. Die Dame stand auf, seufzte und bat sie mitzukommen. Sie führte sie in die obere Kammer, wo einst ihr Sohn gewohnt hatte. Sofia bedankte sich höflich, dass sie vorerst hierbleiben konnten.

Seit acht Wochen wohnten sie nun bei der Dame. Ab und zu half Sofia in der Krankenhausküche aus, ebenso wie Marie. So konnten sie wenigstens die Kost bezahlen. Mit jedem Tag, den sie mehr oder weniger von der Hand in den Mund lebten, erfasste Sofia eine innere Unruhe. Sie hatte keine Ahnung, wie sie für Marie und sich die Zukunft gestalten sollte. Mit jedem Tag wünschte sie sich mehr, Festina zu sehen. Sie hatten ausgemacht, dass sie erst wieder zu Besuch käme, wenn sie neue Nachrichten mitbringen würde. Heute würde dieser Tag sein.

Am späten Nachmittag tranken sie und Marie mit Frau O'Neill Tee. Es klopfte und ihre Freundin trat in die Küche. In der rechten Hand wedelte sie mit einem Brief. Sofort sprangen sie von ihren Stühlen auf. Sofia nahm den Umschlag entgegen. Es war ein Brief aus Belfast und es ging darin um den Verkauf des Grundstückes an die Stadt. Sie wurden in dem Schreiben darum gebeten, die letzten gewünschten Unterlagen beizulegen. Danach stehe einem Verkauf nichts mehr im Weg. Sie waren ganz aufgeregt und überlegten, wie lange sie mit dem Geld auskommen würden, wenn sie sparsam lebten.

Festina hatte genug gehört. Sie stellte sich zwischen die beiden Schwestern und fragte sie: „Warum siedelt ihr nicht nach Amerika über? Das Geld, das ihr für das Grundstück bekommt, reicht für die Überfahrt und ein wenig Reserven, bis ihr einen Job gefunden habt."

Es war plötzlich still geworden. Nur das Kratzen eines Löffels in der Teetasse war zu hören.

„Hm, darüber habe ich noch nicht nachgedacht."

„Dann wird es Zeit! Was habt ihr zwei hier zu verlieren? Nichts! Es herrscht Armut, jeder kämpft ums Überleben. Alle guten Stellen, die von Frauen zu besetzen sind, sind vergeben! In Amerika haben Frauen einen anderen, besseren Stellenwert. Sofia, du bist stark, das hast du bewiesen. Und dir, Marie, stehen alle Türen offen. Du kannst in diesem freien und abenteuerlichen Land einen guten Ausbildungsplatz finden. Schreiben und lesen könnt ihr beide. Eure engsten Verwandten sind verstorben. Was hält euch noch auf?" Festina sah ihre Freundin herausfordernd an. Sie wartete auf eine Reaktion.

„Eure Freundin hat recht. Warum wandert ihr nicht aus? Wenn ihr euch dazu entschließt, gebe ich euch ein Empfehlungsschreiben für meinem Sohn mit. Bestimmt kann er euch weiterhelfen. Nur fahren müsst ihr erst einmal", sagte die alte Dame.
Die Schwestern sahen einander an.

„Und was ist mit Aces?" Marie sah Sofia bange an.

„Dafür reicht es auch noch", erwiderte Sofia.

„Kommen Sie mit, Frau O'Neill? Ihr Sohn erwartet Sie und er würde sich bestimmt sehr freuen. Das Geld für die Überfahrt beziehungsweise das Ticket haben Sie schon. Dann können Sie das Empfehlungsschreiben selbst abgeben," schlug Marie euphorisch vor und strahlte Frau O'Neill an.

„Ach, ich weiß nicht. Ich getraue mich nicht so recht. Die Überfahrten sollen gefährlich sein. Man erzählt sich so viele grausame Geschichten. Es sind doch Transportschiffe, die Waren aus Amerika zu uns bringen. Damit sie nicht leer zurückfahren müssen, haben die Gauner für die Rückreise notdürftige Unterkünfte aus Planken zusammengezimmert."

Frau O'Neill schüttelte sich, bevor sie weiter ihre Bedenken äußerte.

„Man sagt, dass die Kojen nur zwei mal zwei Meter groß seien. Meint ihr, das reicht uns über so viele Wochen der Überfahrt? Außerdem wird behauptet, dass die Passagiere nur eine Stunde am Tag an Deck dürfen, um sich am offenen Feuer Brote für die nächste Mahlzeit zu backen. Bei Sturm fällt selbst das aus. Und das bei einer Überfahrt von mindestens acht Wochen, wenn alles gut geht. ... Die hygienische Situation soll extrem katastrophal sein. Toilettengänge, Seekrankheiten, Mahlzeiten, alles findet wohl unter Deck statt."

„Ach, da übertreiben Sie aber ein bisschen, oder?" Marie lachte.

„Nein, mein Kind. Das alles hat mir mein Sohn in einem seiner Briefe geschildert, nachdem er in New York angekommen war. Außerdem, was ist mit meinen Freunden und Nachbarn? Die werde ich nie wiedersehen." Die alte Dame goss Tee nach. Man sah ihr an, dass sie in ihrem Kopf das Für und Wider abwägte.

„Wir passen auf Sie auf. Außerdem können wir uns ein besseres Ticket leisten. Versprochen!"

Sofia stand auf. Sie lief in dem kleinen Raum hin und her. Das tat sie immer, wenn sie nachdenken musste. Festina hatte die ganze Zeit aufmerksam dem Gespräch gelauscht, ohne sich einzumischen. Doch nun meldete sie sich zu Wort. Es war ihr wichtig, Frau O'Neill Mut zu machen. Sie lächelte die alte Dame an: „Und außerdem ist dies die beste Gelegenheit, Ihre Familie wiederzusehen. Stellen Sie sich nur vor, Sie werden nie wieder allein sein! Ihr Sohn wird für Sie sorgen, so wie er es im letzten Brief geschrieben hat. Nehmen Sie das Angebot der beiden jungen Frauen an. Fahren Sie mit ihnen, Sie können Sofia vertrauen! Außerdem sind Sie nicht gebrechlich und noch gut beieinander. Sie schaffen das, Frau O'Neill, ganz bestimmt!"

Plötzlich war die Entscheidung gefallen!

Frau O'Neill packte warme Kleidung in ihre Reisetasche sowie einen Rucksack mit Verpflegung und Wasser. Die Anschrift ihres Sohnes sowie das übrige Geld nähte sie in die Innenseite ihres Pullovers. Sofia besorgte mit dem Erlös des Grundstückes die

Tickets und Proviant für die große Überfahrt sowie Wolldecken und dicke Jacken, Strickhandschuhe und Mützen für sich und Marie.

Ein letztes Mal besuchten sie das Grab ihrer Schwester. Sie knieten nieder und Marie sprach ihr Gebet.

„Herr, gib unserer Schwester die ewige Ruhe und möge das zeitlose Licht mit ihr leuchten. Lass sie in Frieden ruhen. Amen."

Sofia holte aus ihrer Tasche das Medaillon, um es auf Daras Grab zu legen. Marie hielt sie am Ärmel fest und protestierte: „Nein, Sofia, tu das nicht. Wenn es jemand entfernt, hat keiner von uns etwas davon. Steck es wieder ein. Wir werden es bestimmt brauchen. In Amerika haben wir eher die Chance, es zu verkaufen. Mutter und Dara hätten das auch gewollt. Das Schmuckstück ist vorerst unsere Lebensversicherung, zumindest in Amerika."

Sofia war erstaunt über den Einspruch ihrer Schwester. Aber sie hatte recht. Vom Grab könnte es mühelos entfernt werden.

„Hier, nimm du es. Pass gut auf das Stück auf. Verbirg es in deinen Kleidern. Auch auf dem Dampfer gibt es Diebe."

Sie blieben noch wenige Minuten vor dem Grab stehen und hielten jede für sich Zwiesprache mit der Mutter und Schwester. Dann gingen sie zurück zu der älteren Dame.

Marie und Sofia nahmen das Gepäck von Frau O'Neill. Festina und Samantha waren gekommen, um sich zu verabschieden. Sie hatte von Sofia in einem Brief erfahren, dass sie auswandern würden. Gemeinsam hatten sie sich eine Droschke zum Hafen genommen. Als sie den riesengroßen Dampfer sahen, blieben sie stehen. Ihre Koffer stellten sie auf dem Boden ab und betrachteten einige Minuten das rege Treiben vor ihnen. Viele Hunderte von

Menschen standen in Reihen und warteten darauf, den Dampfer besteigen zu können. Diejenigen, die sich bereits auf dem Schiff aufhielten, winkten ihren Angehörigen mit allem, was sie hatten, zu. Hier und da umarmten sich die Menschen. Frauen verabschiedeten ihre Gatten. Männer nahmen ihre Kinder in den Arm und versprachen ihnen, sie nachzuholen. Tränen des Abschieds flossen überall, wo Sofia hinsah. Frau O'Neill war leichenblass geworden. Sie murmelte: „Herr, sei uns gnädig und beschütze uns. Seid ihr euch sicher, dass wir da mitfahren sollen? Werden wir das überleben?"

Festina legte beruhigend ihren Arm um die alte Dame. „Glauben Sie mir, Sofia und ihrer Schwester können Sie vertrauen. Sie werden nichts tun, was Sie gefährden könnte. Bleiben Sie einfach in ihrer Nähe. Es wird alles gut gehen, ganz bestimmt."

Nun hieß es, Lebewohl zu sagen. Abschied zu nehmen – von allem, was ihnen lieb war.

Festina und die Nonne umarmten jede Einzelne von ihnen. Keine von ihnen war fähig, auch nur ein Wort des Lebwohls zu sagen. Mit der Wucht eines Orkans wurde ihnen bewusst, dass sie sich in diesem Leben nie wieder begegnen würden. Sofia versprach ihren beiden Freundinnen, regelmäßig aus Amerika zu berichten.

Sofia, Marie und die alte Dame bahnten sich einen Weg durch die Menschenmasse und schritten den Steg auf das gigantische Schiff hinauf. Sofia stellte sich an die Reling, sah hinaus aufs Meer und lächelte. Sie war frei – frei von den todbringenden Fesseln der Religion und der Unmenschlichkeit des düsteren Klosters.

EPILOG

1835 wurde das „Kloster der Barmherzigen Schwestern" in Dublin gegründet. Das Ziel war es, armen und obdachlosen Frauen ein Zuhause zu geben. Doch diese Mädchen kamen nicht freiwillig. Also wurden sie zwangsweise aus staatlichen Schulen und armen Familien herausgerissen und in den unbezahlten Arbeitsdienst der Glaubensgemeinschaft und des Klosters gestellt. Zu dieser Zeit war die katholische Kirche die stärkste Macht im Land. Sie kontrollierte Schulen, Krankenhäuser, Kinder- und Frauenheime. Niemand widersprach der Kirche oder klagte sie an. Zu jener Zeit waren die Priester „Gott auf Erden"; wer ihnen widersprach, landete in der Hölle. Es war ein Martyrium im Dunkeln! Die Kirche legte fest, was böse oder gut war, wer brav oder ungehorsam war und wann ein Mädchen als verwahrlost galt.

Das Grab ihrer Schwester Dara erinnerte Sofia an ihr eigenes Leiden. Damals, 1890, gerade mal sechzehn Jahre alt, riss man sie aus ihrer Familie und verschleppte sie in ein katholisches Kloster. Die Entführung bedeutete für sie eine gewaltsame Zerstörung ihres bisherigen Lebensraumes. Dass ihr Dasein, welches zwar von Hunger geprägt war, plötzlich in derart enge Schranken gewiesen wurde, machte sie schier wahnsinnig, sodass sie daran zu ersticken drohte. Ihr Gemüt, von Natur aus fröhlich, war fortan von einem tiefen Schmerz erschüttert. Oft sah Sofia Hilfe suchend zu dem großen Kreuz in der Kapelle. Doch sie erntete nur Leid und Schmerz.

Ihr Leidensweg begann im sogenannten „Raum der Stille". Danach existierte Gott für sie nicht mehr – „Allvater" schien sich verflüchtigt zu haben, ebenso wie ihr einst heiteres Wesen. Verzweifelt versuchte sie, sich aus den Klauen der katholischen Kirche zu befreien, was ihr schließlich mithilfe ihrer Schwester Dara gelang.

„Der Sturm hat viel Atem, der Regen hat viel Wasser, und die Nacht ist lang."
Heinrich Böll

Weitere van Marvik Bücher:

ISBN 9 783752 806977

ISBN 9789-3-7418-3409-7

Zusätzlich erschienen:

Luisas Abenteuer
Sanft und anders
Wie ein Blatt im Wind
Schatten der Erinnerung

www.van-marvik.de